ПОЛЕТ
ПЯТИ

Павел АМНУЭЛЬ

СОДЕРЖАНИЕ

1 ГОРДОН

На заседание рабочей группы НАСА я, как мне тогда казалось, попал случайно. Шефу понадобились рабочие пароли от базы YIR534, и он попросил зайти. Странная компания, на мой взгляд, собралась в то утро в кабинете Хедли. Мэтта Холдера я знал – он был руководителем программы «Вместе в космосе» и занимался делами скорее представительскими, нежели рабочими, которыми ведал Дит Бакстер, тоже присутствовавший, но я его не сразу заметил: он забился в угол с планшетом и что-то быстро записывал. И еще двое незнакомых мужчин – обоих я встречал в коридорах Контрольного центра, но там можно было встретить время от времени даже голливудских звезд – может, эти двое ими и были.

Шеф отодвинулся в кресле, чтобы я мог ввести пароли, первая страница базы появилась на экране, я решил, что больше не нужен, и спросил: «Это все? Могу идти?»

Хедли посмотрел на меня странным взглядом и сказал:

– Посидите, Чарли. Есть проблема.

Я сел рядом с одним из незнакомцев, тот коротко кивнул. Хедли сказал: «Продолжайте, Штраус», и заговорил второй незнакомец, продолжив фразу с середины – мое появление прервало его, похоже, подготовленную заранее речь.

– ...И мы не видим другого варианта, кроме использования методики встраивания. Диссоциативное расстройство идентичности – звучит угрожающе, но вам известны данные клинических испытаний и заключение Ассоциации психиатров, идентичное тому, что представил психологический комитет. Главное – совместимость по критериям Ролинга-Фромера, и таких кандидатов можно выявить, пользуясь банком данных, который только что распаролил ваш сотрудник.

Штраус бросил на меня короткий выразительный взгляд, и я понял, что шеф не случайно предложил мне остаться и послушать. Впрочем, шеф никогда и ничего не делал случайно – сев, как мне было показано взглядом, рядом с Штраусом, я уже был привязан к какой-то мысли, идее, программе. Это я понимал и спокойно ждал продолжения.

– Принимая решение, – говорил тем временем Штраус, – мы должны четко понимать: Боливар не снесет двоих. Тем более – пятерых. Один астронавт прекрасно справился бы с изначальной программой полета к первой точке Лагранжа. Полет «Ники» к Энигме, если будет принято положительное решение, потребует гораздо более углубленных знаний, опыта, умений в областях, обучить которым одного астронавта, да еще в оставшееся до старта время, невозможно, и все это понимают.

Энигма. Что-то начало проясняться. Энигма и «Ника». Энигма – небесное тело, обнаруженное три года назад по его гравитационному воздействию на Нептун, Эриду и десятка два астероидов из пояса Койпера. «Обнаруженное» – слишком оптимистичное определение. В телескопы Энигму увидеть не удалось. Область небесной сферы, где, по расчетам, должна была находиться планета, изучали сначала на гавайских телескопах Кека, потом подключились космические «Хаббл-2» и «Шепли», а когда и им не удалось ничего обнаружить, поиском таинственной Энигмы занялись группы, работавшие на «Субару» в Чили и на «Реджини» с пятидесятиметровым зеркалом на вершине Килиманджаро. И – ничего. Между тем, продолжавшиеся наблюдения за неправильностями в движении Нептуна и койперовых планетоидов позволили точнее определить массу невидимого тела и его траекторию. Собравшись в прошлом году в Берлине, самые, насколько я мог судить, выдающиеся ученые в области планетографии и динамики тел Солнечной системы, после пятидневных обсуждений и сопоставлений разных теорий и наблюдений пришли к мнению, которое в тот же день было растиражировано средствами массовой информации и породило панику в определенных кругах, знавших об астрономии преимущественно по астрологическим прогнозам.

Энигма – угроза существованию человечества! Энигма – та самая планета-судьба Нибиру! Энигма столкнется с Землей, и ничто не спасет человечество от гибели в страшном пламени глобальной катастрофы!

И все в таком духе. Стоило больших трудов докричаться до «простого народа» и объяснить, что существенной угрозы Земле невидимое небесное тело, названное Энигмой, не представляет. Да, это очень необычное явление, тем оно интереснее для науки. Расчеты, все более точные по мере накопления наблюдений – не за Энигмой, которую так и не удалось разглядеть ни на одной фотографии, а за движением планет и планетоидов (уже и в движении Урана обнаружили возмущения), – показали: Энигма двигалась по эллиптической орбите, эксцентриситет которой достигал 96% – почти параболическая траектория с перигелием на расстоянии 0,43 астрономической единицы, между орбитами Венеры и Меркурия. Типично кометная орбита, даже наклонение к эклиптике соответствовало: 21 градус. Это и была бы «нормальная» долгопериодическая комета с периодом обращения в пару миллионов лет, если бы не два фактора. Массу Энигмы после многочисленных уточнений определили примерно в 40 масс Земли или 2,3 массы Нептуна. Только Юпитер с Сатурном в Солнечной системе были массивнее.

У астрономов спрашивали: когда можно будет увидеть потрясающее зрелище – близкое прохождение большой планеты, межзвездной странницы? Она же должна сверкать на небе ярче Венеры и даже, наверно, ярче Луны! А можно ли будет увидеть ее диск? Есть ли у Энигмы спутники? Куда покупать туры – в Африку или ближе к полюсу, в Гренландию?

Ответить ученым было нечего: Энигма по-прежнему оставалась невидимой. Она пересекла орбиту Сатурна и все быстрее двигалась к орбите Юпитера. По идее, ее должно было быть видно в хороший бинокль.

Собственно, решение проблемы появилось у астрофизиков еще на первом рабочем совещании в Берлине. Гипотезу высказал Майкл Сипер, нобелевский лауреат 2028 года, и с ним согласились после непродолжительного обсуждения, поскольку других приемлемых идей не оказалось ни у кого.

В «Nature» статья Сипера о предполагаемой природе Энигмы вышла неделю спустя (в интернет-изданиях – на следующий день после совещания). Статья была написана сложным языком с большим количеством формул. Однако знающие рассказали незнающим, а незнающие – всем, кто не понимал разницы между звездой и планетой, между планетой и кометой, между кометой и метеорным потоком.

Я запомнил утро, когда, сев с чашкой кофе за компьютер, чтобы почитать новости, обнаружил на главной странице информационного портала «New York city times» огромную заставку: «Энигма – гигантская черная дыра».

Журналисты обожают пугать. Я не считал себя знатоком астрофизики, но читал много, хотя и элементарных знаний было достаточно, чтобы понять: Энигма не могла быть гигантской черной дырой – такой, например, как в центре Галактики. Гигантская – это сотня миллионов масс Солнца. Такая черная дыра, попади она в окрестности Солнечной системы (впрочем, откуда ей тут взяться?) всосала бы все планеты, Землю и Солнце, но журналистам лень читать первоисточники, а читатель не продвинется дальше заголовка, если не пугнуть его чем-то «гигантским», «опасным» и «катастрофическим».

Энигма оказалась черной дырой, верно. Не гигантской, конечно, а, напротив, – очень маленькой, всего две массы Нептуна, Юпитер в девять раз массивнее. Астрофизики были в восторге – первый случай обнаружения реликтовой черной дыры, и где! В Солнечной системе. Почитав после работы пару научно-популярнвх статей в Интернете, я узнал, что ученые (точнее – космологи) давно подозревали: во Вселенной может быть множество черных дыр очень малой массы, возникших вскоре после Большого взрыва. Маленькие черные дыры довольно быстро испаряются – этот процесс называется излучением Хокинга. Большая их часть испарилась давным-давно, а до наших дней сохранились реликтовые черные дыры массой с планету – такие, как Энигма. Она тоже, конечно, теряет массу и проживет недолго по астрономическим понятиям – может, еще миллиард лет или два.

Пока не явилась Энигма, гипотезы о реликтовых черных дырах были научной спекуляцией, которую даже и не надеялись подтвердить или опровергнуть наблюдениями. Реликтовые черные дыры слишком маломассивны, чтобы захватывать вещество из космоса. То есть захватывают, но так мало, что возникающий аккреционный диск почти ничего не излучает, увидеть его даже в пятидесятиметровый телескоп невозможно – разве что приблизиться к черной дыре на расстояние пары сотен километров.

Есть и другие способы обнаружить черную дыру. Излучение Хокинга, например. Но у Энигмы это излучение тоже очень слабое. Или микролинзирование – световой луч от далекой галактики, пролетая мимо черной дыры, искривляется, будто в фокусе линзы, и изображение галактики распадается на три или даже пять. Тогда астрофизики понимают: между галактикой и Землей находится черная дыра. Но опять-таки: Энигма слишком маломассивна, линза из нее получается слабенькая, с Земли искажений света далеких звезд и галактик обнаружить не удастся.

Расчеты показывали, что и искать не стоило, но все равно искали. И диск, и излучение Хокинга, и явление микролинзирования, и плазменную струю-джет. У сверхмассивных черных дыр, что в центрах галактик, джеты растягиваются на много световых лет и прекрасно видны, особенно в рентгеновском диапазоне.

У Энигмы – ничего.

Когда невидимка пересекла орбиту Сатурна, мы опять сошлись с Алисой Кинниан. Эйлис… Увидев ее в магазине «Хаффнер» на семьдесят первой улице, я долго шел за ней из отдела в отдел, думал: как она живет сейчас, после нашего разрыва. Да и разрыв ли это был? Просто однажды утром, проснувшись, как последние полтора года, в одной постели, мы посмотрели друг другу в заспанные лица и поняли, что нет нам смысла оставаться вместе. То, что свело нас, испарилось, как маломассивная реликтовая черная дыра, и мы жили по инерции, заданной начальным толчком. Инерция иссякла, и все остановилось.

«Прости», – сказал я, одеваясь. Эйлис поняла. Мы всегда понимали друг друга с полуслова.

«И ты прости», – сказала она и начала медленно одеваться, а я смотрел на нее и ничего не чувствовал.

Больше мы не сказали друг другу ни слова. К вечеру я снял квартиру в Бронксе, подальше от нашего «гнездышка», и вещи свои перевез, когда Эйлис была на работе, чтобы не создавать ненужной напряженности. Работала она в Гарвард-Смитсонианском институте. Отладчик компьютерных программ – классическое женское занятие, требующее внимательности, а не новых идей и интуитивных прозрений.

Я шел за Эйлис и не хотел попадаться ей на глаза, но – не понимаю, как получилось, – мы столкнулись в отделе женского тряпья (современного платья, на самом деле, но я всегда называл этот отдел по-своему – Эйлис, кстати, не возражала). Она собиралась примерить нечто, похожее то ли на тунику, то ли на полотенце, и я чуть не выбил вешалку из ее руки.

«Прости», – сказал я.

«И ты прости», – сказала она, вошла в будочку для примерки и начала медленно стягивать через голову то самое платье, которое надела полтора года назад, в то утро, когда мы расстались – как казалось, навсегда.

Странная мысль пришла мне в голову, когда я смотрел на Эйлис: законы физики обратимы, будущее не отличается от прошлого, при определенных условиях время обращается вспять… Эйлис потом сказала, что такая же мысль пришла в голову и ей.

Мы рассмеялись, я купил Эйлис майку, которую она так и не примерила, и мы вышли из магазина с уверенностью, что больше никогда не расстанемся. Через две недели мы поженились.

К чему я это вспомнил? В тот вечер, перетащив вещи Эйлис с ее квартирки ко мне в Бронкс, мы разговаривали о самых разных вещах, пропустив эпизод расставания, будто его не было. Эйлис рассказала об Энигме много такого, чего я не знал. В институте только об этом и говорили, Эйлис слушала, а память у нее замечательная. Эйлис знала – значит, знал и я.

Возможно, никогда прежде никакая черная дыра Солнечную систему не пересекала. Возможно, такие прохождения случались, но с какой частотой – сказать никто не мог даже приблизительно.

– Сейчас, – рассказывала Эйлис, – я отлаживаю программы для группы доктора Ю, а он собирается выйти с предложением в НАСА. Проект «Вместе в космосе» еще не утвержден окончательно, верно?

– Не утвержден, – подтвердил я. – Но это дело недели. Все ждут возвращения Хедли с конференции в Маниле. Так что пусть твой доктор Ю поторопится.

– Неделя! – поразилась Эйлис. – Я думала, времени гораздо больше!

– Времени – для чего?

– Ну как же! Доктор Ю и не только он – еще три группы астрофизиков, я слышала, предлагают изменить цель полета

«Ники». Другой такой случай может не представиться никогда!

– А… – протянул я. – Они хотят, чтобы «Ника» полетела не в точку Лагранжа, а к Энигме? Нашему начальству это не понравится.

– А тебе?

Вопрос меня обескуражил. Во-первых, от меня ничего не зависело, я отвечал за работу тренировочных симуляторов, в том числе моделей космического корабля «Ника», на котором два астронавта должны были полететь к первой точке Лагранжа. Во-вторых… Это может показаться странным – мне представилось в тот момент, будто я в кабине «Ники» (я-то досконально знал ее устройство), смотрю в носовой иллюминатор, вижу яркие звезды – Альтаир, Вегу, Денеб – и пытаюсь разглядеть то, что разглядеть невозможно: черную дыру на черном фоне.

– Мне… – протянул я, и видение исчезло. – Я бы с удовольствием в этом поучаствовал. Но боюсь, Эйлис, ничего не выйдет. До точки Лагранжа лететь полтора миллиона километров, пять суток. А до Энигмы…

– Все рассчитано, – перебила Эйлис. – Девяносто шесть дней лететь, три месяца.

— А потом семь месяцев по траектории возвращения, – вставил я.

– Все рассчитано, – повторила Эйлис. – Год радиационная защита «Ники» продержится, ты знаешь.

– Год – расчетный предел.

– Значит…

– Ничего это не значит, – буркнул я. – Эйлис, дорогая, боюсь, проект прокатят на первом же обсуждении у шефа.

– У нас лучшие…

– Боливар не снесет двоих, – произнес я фразу, которую несколько месяцев спустя услышал от Штрауса. – Родная, я верю, что ваши математики все хорошо просчитали. Но к точке Лагранжа могут полететь, в принципе, и три астронавта – этот вопрос еще будет рассматриваться. А к Энигме – только один. На двоих не хватит ни ресурсов систем жизнеобеспечения, ни запасов пищи и воды. Как в пустыне – один дойдет, двое погибнут.

В тот вечер мы на этом дискуссию закончили – разговор и возник-то случайно, пока Эйлис раскладывала в моем шкафу свои вещи и развешивала платья. Мы больше не возвращались к этой теме. Эйлис, как я понимал, немного злилась на меня – чисто по-женски – из-за того, что я оказался прав, и на первом же рассмотрении проекта, представленного тремя группами из Смитсонианского института, отрицательно высказались главы всех служб НАСА. Меня там не было, но я знал подробности, не попавшие в прессу. Эйлис тоже их знала, но о судьбе проекта мы больше не говорили. Конечно, я спросил: «Как прошло?». – «Плохо», – буркнула Эйлис и перевела разговор.

У нас все было слишком хорошо в те дни, чтобы портить отношения обсуждением проекта, в судьбе которого от нас ничего не зависело.

Энигма приближалась к Солнцу, ни у кого из специалистов не осталось сомнений: это черная дыра планетарной массы, невообразимая редкость, увидеть которую ни в одном из диапазонов электромагнитного излучения невозможно. То есть возможно, конечно, если наблюдать не с Земли, а с пролетной траектории. С расстояний, ближе, чем несколько сотен километров, можно было бы с помощью астрономической аппаратуры, уже установленной на

«Нике» для наблюдений Земли и Солнца из первой точки Лагранжа, зафиксировать слабенький аккреционный диск вокруг Энигмы – захваченное вещество из межзвездного пространства, облака Оорта и пояса Койпера. Можно было бы обнаружить очень слабое излучение Хокинга – и это стало бы, наконец, прямым доказательством присутствия черных дыр во Вселенной. Многочисленные черные дыры в центрах галактик и в двойных звездных системах обнаружены были по косвенным признакам. Косвенные улики – как говорят криминалисты. До сих пор никто и никогда не наблюдал непосредственно черную дыру – она ведь не испускает света и никаких частиц, кроме излучения Хокинга.

Идея направить к Энигме межпланетную станцию – конкретно, «Нику» – становилась популярной среди ученых, но руководство НАСА ее отвергало.

Дискуссия вышла из тени, о «Нике» и Энигме говорили в телевизионных передачах, в Интернете, даже в газетах.

«Можно отправить к Энигме автоматическую станцию, – предлагали астрофизики. –Это и дешевле, и безопасно, и…

«…И, – продолжали специалисты из НАСА, – бессмысленно, к сожалению. Чтобы пролететь на минимальном расстоянии от черной дыры, "Ника" должна стартовать в узком окне между 5 и 12 апреля будущего года. Станцию еще не начали проектировать! Бюджета нет. При любых темпах – не успеть. Но главное даже не в этом. Автоматика гарантирует пролет аппарата около цели с ошибкой от тридцати до ста километров. Маневрировать не получится. Для маневров нужно наблюдать цель. Энигму невозможно увидеть – и нет гарантии, что удастся разглядеть хотя бы диск или излучение Хокинга. Это излучение, кстати, пока только чистая теория. Никто его никогда не наблюдал, и если это получится, то произойдет впервые в истории!»

— Мы не успели бы к сроку, даже если бы начали конструировать станцию год назад, — заявил директор НАСА Уолтер Хедли, когда его прижали журналисты в ток-шоу «Вечер с Аргамоном». — От идеи до готовности автоматического межпланетного зонда проходит обычно лет шесть-семь. Три — если бы нам дали денег втрое больше обычного. Зачем говорить о том, чего быть не может? Сегодня ситуация такова, что аппарат мы сделать не успеем!

— Вместе с европейцами, русскими, китайцами, индийцами?

— Мы и сейчас работаем вместе, — парировал Хедли. — «Ника», как вы, конечно, знаете — общее детище. Американского в ней не больше, чем российского, европейского или индийского. «Вместе в комосе» — хороший проект, в отличие от скороспелой и необдуманной авантюры с автоматической станцией. Кстати, повторю, хотя говорил уже много раз: управлять такой станцией во время пролета мимо Энигмы будет невозможно, слишком велико время прохождения сигнала. А на автоматику положиться нельзя, поскольку — сто раз об этом говорили! — ничем другим, кроме поля тяжести, Энигма себя не проявляет. Аппарат должен пролететь мимо черной дыры на расстоянии не дальше ста километров — иначе приборы могут не заметить очень слабый диск, если он есть, и еще более слабое хокинговское излучение, если оно вообще существует. Весь пролет — когда можно что-то обнаружить — занял бы минуту или две! Ведь скорость аппарата относительно Энигмы даже при уравнивании траекторий, насколько это возможно, была бы около километра в секунду, вы это себе представляете?

Журналисты представляли, но давление на руководство НАСА

продолжало усиливаться. Верные принципу «если не напугать, то информацию никто не воспримет», журналисты рассказывали о том, что через год-другой Энигма уничтожит жизнь на Земле, люди погибнут, как много миллионов лет назад погибли динозавры, а если не погибнут, то вернутся в пещеры, а если не вернутся, то все равно станут жить, как в средние века – без телевидения, Интернета, автомобилей и электричества. В общем, кошмар.

Мы с Эйлис хихикали, глядя на эти ужасы. Даже если бы что-то из катастрофических пророчеств могло случиться на самом деле, полет «Ники» не мог бы ничего предотвратить.

После прохождения Энигмы жизнь, конечно, изменится: год станет длиннее на тринадцать секунд, придется менять календари, расстояние от Земли до Солнца в афелии увеличится на полмиллиона километров, значит, зимы в северном полушарии станут холоднее на градус… Средний обыватель, однако, был уверен, что, как писал Брэдбери, «что-то страшное грядет», и потому готов был пожертвовать не только бюджетные, но и собственные деньги.

Обычно пресса не очень жаловала космические программы. Журналисты поднимали шум, когда случались выдающиеся достижения – посадка «Мермориса» на Данаю, спутник Нептуна, или гонка «Персониса» за ядром кометы Боккера-Флэша между орбитами Венеры и Меркурия. Эффектные съемки, было что показать обывателю. Но те же журналисты не торопились рассказывать, как научное сообщество просило у Конгресса денег на новые программы, и чего стоило Хедли добиться не полного даже, а частичного финансирования. Программа «Вместе в космосе» была принята без проблем только потому, что в ней изъявили желание участвовать практически все космические державы: Великобритания, Россия, Франция, Индия, Китай, Япония, даже Израиль подключился. Поговаривали, что в «Клуб» хочет войти Северная Корея, но этого, конечно, не произошло.

Между тем Конгресс финансировал проект, в котором конгрессмены, сенаторы и сам президент мало что понимали. Не понимали главного: если перенаправить «Нику» к Энигме, полет все равно останется бессмысленной тратой денег налогоплательщиков, потому что один астронавт справится с задачей не лучше автоматической станции. Даже хуже – хотя бы потому, что может погибнуть, если «что-то пойдет не так».

– Лететь должен экипаж из пяти астронавтов, – убеждал зрителей вечный спорщик Дани Датон, пресс-секретарь НАСА. – Смотрите. К точке Лагранжа полетят двое, так? Командир – специалист по навигации и системам, – и ученый-астрофизик: для научных исследований в точке Лагранжа. А теперь усложним задачу раз в десять. Для полета к Энигме обязательно нужен классный – лучший в мире! – специалист по черным дырам. Никто не возьмется предсказать, какие открытия будут сделаны, автоматика может оказаться бесполезной. И еще нужен специалист по системам выживания. Почти год в межпланетном пространстве – это не десять дней полета к Луне и обратно и не три недели экспедиции к точке Лагранжа. Экипаж должен состоять из пяти человек, иначе лететь нет смысла. Да, деньги НАСА получила, свой вклад внесли Евросоюз, Россия, Китай, Индия, Япония, Израиль. Но какие бы деньги ни были в распоряжении проекта «Вместе в космосе», это не поможет за полтора года построить корабль, вмещающий пять человек экипажа со всеми системами жизнеобеспечения и научной аппаратурой. «Ника» не годится – она сможет взять на борт одного астронавта. Одного! Один не заменит пятерых. У него, будь он семи пядей во лбу, не окажется необходимых знаний, навыков, умений, опыта… ничего!

Тогда я и оказался по воле случая (как был уверен) на заседании рабочей группы проекта «Вместе в космосе». Когда выступил Штраус, я услышал новый для себя термин «диссоциативное расстройство идентичности» и уловил брошенный на меня внимательный взгляд шефа. Может, он хотел сказать, что мне пора уйти? Я поднялся, но Штраус, сидевший рядом, придержал меня за локоть, а Холдер сказал, наклонившись ко мне:

– Гордон, послушайте дальше, это прямо касается вас.

– Диссоциативное расстройство идентичности, – продолжал Штраус. – В психиатрических терминах некоторых других стран, все еще придерживающихся устаревшего обозначения, это – расстройство множественной личности. Известны сотни хорошо описанных случаев.

Стало понятнее. Когда-то я читал «Множественные миры Билли Миллигана» и «Пятую Салли» Дэниела Киза и фильм видел. Оба: голливудский и документальный, с поразительными и навсегда запомнившимися кадрами – как меняется на глазах человек. Только что это был юноша лет двадцати с радостным взглядом светлых глаз, выразительной жестикуляцией, правильной речью человека, обучавшегося в престижном колледже, и вдруг – будто кто-то провел по лицу волшебной палочкой, – выражение меняется, взгляд становится тусклым, цвет глаз… удивительно, но глаза другие, с темной, почти черной радужкой, злые глаза недовольного жизнью мужчины лет сорока, тонкая сеть морщин возникает под глазами…

Первая мысль: так не бывает. Но это реальная съемка – мысль вторая, пугающая. Камера «держит» новое лицо несколько секунд, дает зрителю привыкнуть, и тогда – новая перемена, и опять… Двадцать два – в одном. Ужасно. Как это существо – человек ли? – справляется с чужим присутствием? Как не сходит с ума…

Я пропустил несколько фраз Штрауса. Когда всплыл из воспоминания, он говорил:

… – Разумеется, это безопасно для доноров и реципиента, иначе коллеги не позволили бы мне выйти с таким предложением. Я готов предоставить материалы всех без исключения клинических испытаний, все теоретические работы – мои и коллег. Разумеется, вы сможете поговорить с добровольцами-испытателями. Их четверо, я имею в виду четверо носителей. Число субличностей у каждого меняется от трех до одиннадцати. Всего внедрено двадцать восемь субличностей. Доноры, согласившиеся принять участие в разработке, не испытывают никаких психических отклонений и ведут обычный образ жизни.

Любопытно, – подумал я. – Они действительно сумели пересадить личности реальных людей этим… реципиентам? Или не пересадить – скопировать? Как?

И при чем здесь НАСА?

Я еще не понимал. Впрочем, нет. С первых слов Штрауса, с первого его упоминания о диссоциативном расстройстве идентичности, сидя с ним рядом и ощущая его ауру, энергетику, внутреннюю силу – называйте как хотите, – я знал, точно знал внутренним знанием, что к Энигме полетит один человек. Один, но впятером. Пятеро в одном. Пятеро лучших в мире профессионалов, каждый в своей области. Пятеро. Но один.

Вечером я слово в слово пересказал Эйлис все, что говорил Штраус. Рассказал о реакции присутствовавших: от изумления и отторжения до (постепенно) понимания и осознания, что предложение Ассоциации психологов – единственная возможность провести исследование Энигмы на необходимом уровне компетентности.

Обо мне речь зашла в самом конце – после семичасового обсуждения. Нам принесли обед, потом ужин. Нас никто не удерживал в комнате заседаний, будто присяжных. Каждый мог уйти, хлопнуть дверью. Никто не ушел. Никто, как мне показалось, не выходил из комнаты даже в туалет – я не помнил, чтобы сам это делал, может, потому и о других ничего подобного не сохранилось в памяти.

Я знал, что Штраус назовет мое имя, а Бредли повернется ко мне и после долгой тяжелой паузы скажет:

«Гордон, полтора года вы были в отряде астронавтов и ушли, предпочли работу над симуляторами. Сейчас…»

Я знал, что шеф не закончит фразу, поперхнется и потянется за бутылкой холодного чая.

А я отвечу сразу, мгновенно, не то чтобы не думая, но уже все продумав, потому что мысль в подсознании успела сформироваться раньше, чем я смог ее осознать.

«Конечно. Я готов».

Я знал, что скажу так, и сказал так, когда Бредли поперхнулся и потянулся за бутылкой с холодным чаем.

Штраус, сверливший меня взглядом, поднял вверх большой палец, улыбнулся торжествующе и сказал:

– В вас, Гордон, я не сомневался. Все у вас – у нас с вами – получится.

Прежде чем закрыть совещание, Бредли показал результаты тестовых поисков. Тесты проводили в закрытом режиме по методике, разработанной Ассоциацией психологов после того, как закончились клинические испытания, показавшие работоспособность обоих методов: слияния (встраивания) и извлечения.

***

Я не хочу есть. Я не ем уже восемнадцать дней, да и прежде ел через раз – иногда пренебрегал завтраком, иногда обедом. Чаще всего на мою долю доставался ужин – понятно почему: по вечерам (я жил по мировому времени) нужно было оценивать состояние аппаратуры, и я, можно сказать, приходил в себя, хотя говорить (и думать) так неправильно. Правильно сказать: «происходило замещение субличности носителем».

Я не хочу есть – Джек успел съесть ужин, и я сыт. Но почему-то именно сегодня вспоминается вечер в ресторане вдвоем с Эйлис. Я читаю вслух меню, Эйлис время от времени прерывает меня словами «да-да, это закажи», а вино выбирает сама, знает, что я не отличу на вкус красное «шардоне» от красного «божоле» – то есть на цвет, конечно, они разные, я различаю сотни оттенков одного цвета, это часть моей профессии, но в меню тонкости цвета не указывают, хотя могли бы, и Эйлис говорит: «берем это, мускат урожая двадцать первого года, замечательно».

– Замечательно, – повторяю я, подзываю официанта, и, пока он идет к нам, лавируя между столиками, быстро произношу то, что хотел сказать:

– Эйлис, меня утвердили командиром «Ники».

У Эйлис есть время обдумать мои слова, пока я делаю заказ. Она все понимает, Эйлис умница. Официант отходит от столика, и она говорит:

– Кто с тобой?

Вопрос короткий и исчерпывающий. Никто, кроме меня – нас с Эйлис, – вопрос не понял бы так, как его следует понимать.

– Джеймс Чедвик, – перечисляю я. – Астронавт НАСА, дважды летал в космос, на МКС, на нем аппаратура и системы обеспечения.

– Знаю Чедвика, – кивает Эйлис. – Он был у Лоры Мартин в программе «Что мы знаем о том, чего не знаем?» Отличный парень.

Она скрывает взгляд. Конечно, парень отличный, потому и взяли, но кто знает, как мы уживемся. Это главное, верно, Эйлис?

– Алексей Панягин, физик-теоретик из России, – продолжаю я. – Еще один отличный парень, один из самых больших специалистов по черным дырам.

– Видела Панягина в Интернет-новостях, – сообщает Эйлис и ждет продолжения.

– Луи Неель из Франции, биолог и практикующий врач, готовился к полету на МКС.

– А пятый, конечно, англичанин, – с легкой иронией говорит Эйлис. Она не любит англичан, это у нее врожденное: кому лучше знать британский характер, как не ей, чьи предки в далеком 1620 году основали первую колонию в Новом Свете?

– Нет, – улыбаюсь я. – Индус. Амартия Сен.

– Впервые слышу, – бормочет Эйлис. – Индус. Это не…

– Если ты о совместимости, то Штраус говорит: лучшего кандидата не найти. А если о профессии, то он превосходный навигатор. В проекте с первого дня.

– О, – легкая ирония все еще слышна в словах Эйлис, – значит, он просчитает любую орбиту и приведет «Нику» в порт назначения… если ты впустишь его в свое сознание.

– Мое сознание, – бормочу я. – Вряд ли я смогу его не впустить.

– А самому уйти. И ничего не знать.

– Эйлис…

– Сейчас, Чарли. Я… мне просто… ты должен понять.

– Я понимаю, – говорю я, целую Эйлис ладонь, прижимаю ее ладони к своим щекам, и мы смотрим друг другу в глаза, будто прощаемся, хотя это, конечно, не так. Но теперь все недели, все дни, все часы и каждую минуту до старта мы будем смотреть друг другу в глаза и прощаться. Каждый миг, час, день.

– Я люблю тебя, – говорит Эйлис.

Она никогда прежде не говорила этого. Не говорила словами. Слова принадлежали мне, любовь – ей.

– Вернись, – говорит она. – Оттуда. Один. Мне нужен ты. Они – нет.

Я киваю. Официант расставляет тарелки с едой, мы едим, очень вкусно, мы пьем вино, лучше которого нет, и я вспоминаю вкус, рассматривая звезды в носовом иллюминаторе «Ники». Джек мог, наверно, оставить ужин мне, но, видимо, успел проголодаться. Он? Я?

Я, конечно. Кроме меня, здесь нет никого. Нас пятеро, и этот парадокс меня до сих пор смущает, несмотря на курс лекций по практической психологии, многочасовые беседы со Штраусом и тренировки, тренировки, тренировки. Чедвик, Панягин, Неель и Сен. Они приходили и уходили, я ощущал результат их присутствия, я понимал их, я их даже начал любить.

«Уверен, что все будет штатно, – каждый день говорил мне Штраус. – И через триста двенадцать дней вы вернетесь домой».

Наверняка он говорил эти же слова Панягину, Сену, Чедвику и Неелю. Я уверен, что говорил, но меня порой бесила невозможность это проверить.

Захотелось спать. Все правильно. Двадцать три часа тридцать минут мирового времени. Хьюстон передал запись сонаты Моцарта. Луи узнал бы, какая это была соната, мог бы назвать исполнителя, для меня же это просто спокойная ночная музыка, под которую хорошо заснуть… и видеть сны. Мимолетно подумал, что сны буду видеть уже не я. Амартия, наверно? Я бы доверил свои сны только ему. Мысль была нелепой, и я думал об этом, готовя постель, совершая туалет, укладываясь на «полку сна» и пристегиваясь – привычные движения, отработанные до мелочей. Делаешь, не думая, а думаешь о том, что увидит Амартия во сне – конечно, это будет его сон, не мой, и он никогда не сможет мне рассказать, разве что, проснувшись, запишет в файл, а я прочту, но он не станет этого делать, потому что тогда нарушится приватность субличности, а это табу.

Все хорошо, все штатно, – думаю я, засыпая. Или уходя? Что я делаю, когда меня нет? Сплю? Отсутствую в мире? Ни Штраус, ни его психологи так и не дали ответа на эти вопросы. «Наука еще не знает».

***

Мы познакомились, конечно. Однако встречу нам разрешили только один раз: за двое суток перед встраиванием. Без жен, без детей – пятеро. Прекрасный вид на Скалистые горы из окна. Вкусный воздух вершин. Расплавленное подтаявшее, как мороженое, солнце. С него капало золотистым туманом, особенно перед закатом.

Мы сидели в креслах на балконе и рассказывали о себе. Не по очереди, как советовал Штраус, а перебивая друг друга. Каждый вспоминал свое, и каждый свое скрывал. И все это понимали. Никто не собирался делиться интимным – возможно, Штраус на это надеялся, но если он так полагал, значит, ошибался.

Меня поразил Панягин. Я знал, что в детстве он попал в аварию вместе с родителями. Все знали – о Панягине журналисты опубликовали больше всего материалов: необычная судьба, мальчик мечтал о космосе, готовил себя в космонавты, но авария все перечеркнула. Перелом позвоночника, паралич ног, инвалидная коляска. Алекс стал физиком-теоретиком, занялся квантовой физикой, космологией и теорией релятивистских объектов. Рассказывал Алекс не о себе, а о черных дырах и, в частности, об Энигме. Мы заслушались, хотя каждый, конечно, успел прочитать и посмотреть о черных дырах все, что мог найти в Интернете, узнать на лекциях, прочитать в книгах – в том числе специальных и трудно понимаемых. За несколько часов общения с Алексом мы узнали о космосе столько нового, сколько не усвоили за все время тренировок.

Джеймс Чедвик оказался свойским парнем, он всех обаял и создал впечатление классного специалиста, ни слова не рассказав о своей работе и ни разу не упомянув ни одного специального термина. Говорил о детстве, о мечте, об учебе, о жене и дочери, о красоте закатов и о том, как он не любит бегать кроссы, но приходится – нужно сохранять спортивную форму.

Амартия Сен был молчалив, но слушал так внимательно и с таким упоением узнавания, что мне в какой-то момент начало казаться, что говорит он больше всех, перебивая и комментируя каждую реплику. Странное ощущение, я не сумел его объяснить, рассказал Эйлис, а она воскликнула: «Обожаю таких людей! От них получаешь больше положительных эмоций, чем от лучшей подруги, болтающей о своих проблемах».

Если говорить об эмоциях, их я больше всего получил, слушая Луи Эжена Нееля – в отличие от других, француз рассказал и о своей интимной жизни, и о браках (он был женат трижды, с последней женой расстался за неделю до зачисления в экипаж), и о ежегодных походах в Альпы, и о современной медицине, самой сложной, по его мнению, самой важной и самой таинственной науке среди всех наук.

Я тоже рассказал о себе, многого не договаривая. Почему-то мне казалось, что, поскольку стану физическим носителем, то покопаться в моих мыслях и ощущениях каждый из них сможет потом. Это мне и не нравилось, и приводило в восторг, и вызывало ужас, и интриговало – масса эмоций, о которых я ни словом не обмолвился при встрече, но Штраусу, конечно, все выложил, а тот, хотя и отнесся очень серьезно к этой моей, как он ее назвал, фобии, объяснил, что никто из четверых субличностей не станет, да и не сможет докучать мне своими проблемами, я и знать не буду, что каждый станет делать в мое «отсутствие». В мое отсутствие – это поражало меня больше всего и стало вначале сильнейшей фобией, от которой, впрочем, меня избавили задолго до процедуры «встраивания».

Произошло это буднично, в Хьюстонском Институте психологических проблем, директором которого был Штраус. Небольшая комната, тахта, как на приеме у психоаналитика, обычный шлем, беспроводной – на голове почти не чувствуешь. Стены светло-салатные, успокаивающий цвет. Когда вошел Штраус с помощницей и снял с меня шлем, будто я вернулся после поездки на мотоцикле, я удивленно спросил: «Что, все?» – «Конечно, – бодро сообщил Штраус, передавая шлем помощнице. – Вы же знаете всю процедуру».

Это было за две недели до старта. С Эйлис мы попрощались рано утром, когда за мной заехала машина из Института. Эйлис… впрочем, это неважно, не имеет отношения к истории, к науке, к познанию космоса, к «Нике»… ни к чему в этом прекрасном мире. Кроме нас двоих. Двоих, что бы ни говорили медики о том, что личная память после «встраивания» становится общей, и каждый из нас, пяти, знает все, что происходило прежде с каждым из нас, пяти, только вызывать воспоминания по своему желанию не может, поскольку общим у нас стало подсознание, а с ним ни поговорить, ни послушать, ни убедить – ничего.

Один-единственный раз за время полета мы – пятеро – сможем «собраться» вместе. Услышать друг друга, поговорить. Принять решение. Выполнить задачу. Сделать то, для чего меня – нас – отправили за тридцать семь миллионов километров от нашего общего дома.

За десять минут до расчетного времени пролета «Ники» мимо

Энигмы.

А если потом мы не сумеем «разойтись»? Я сойду с ума? Во мне будут говорить, кричать, спорить, самоутверждаться четыре голоса, от которых я не смогу избавиться?

«Пусть это вас не беспокоит, – сказал Штраус. – вы видели доклад о клинических испытаниях. Говорили с донорами. Изучили все материалы. Семь полных процедур. Ни одного сбоя».

Я хотел сказать, что меня успокоили бы сто сорок три удачных испытания. Лучше – три тысячи – без сбоев и проблем. Но время поджимало, «Ника» должна была стартовать вовремя. Семь полных процедур – в успех можешь верить, можешь не верить, но лучше – верь, поскольку согласился.

Я поверил.

Напрасно?

***

Мне напоминают, что следующие двадцать минут я должен посвятить физическим упражнениям на тренажере. Не люблю, хотя знаю, что – надо. Тренировки почти всегда выпадают на мою долю. Так решила команда Штрауса, и я понимаю – почему. Мое тело, мне и управлять им. Не Алексу же – у него практически угасли двигательные рефлексы. И не Амартии – он точно сделает что-нибудь не так, и в результате у меня будет повреждение лодыжки или растяжение мышц. Тело-то не его, можно и загнать, как лошадь. Джек и Луи… Вот честно: не знаю, как они повели бы себя с моим телом, если бы тренировки происходили во время их бодрствования. Ощущают они себя в это время, будто в скафандре, или тело для них как свое?

Конечно, мы говорили об этом перед «встраиванием». Впятером говорили, и со Штраусом, и с другими психологами и психиатрами НАСА.

Я кручу педали, растягиваю эспандер, робот массирует мне мышцы, кровь приливает то к ногам, то к голове, а я смотрю на экраны, на показания приборов, на числа, числа, световые маркеры. Все нормально, все хорошо, последняя коррекция курса завтра в четыре восемнадцать. Не знаю, кто будет бодрствовать – надеюсь, что Амартия. Но точно не я, никогда не просыпался в такую рань. Наверно, инстинкт.

Двадцать семь часов до Энигмы. Думаю об этом спокойно. В носовом иллюминаторе те же звезды, ни на глаз, ни даже с помощью всех девяти установленных на борту научных приборов никакого микролинзирования, хокинговского излучения, дискового свечения. Ничего. Может, ничего не произойдет даже когда «Ника» пролетит от цели на расстоянии расчетных трех километров? Просто пролетит и продолжит полет – уже по возвратной части траектории?

Мне почему-то кажется, что так и будет, хотя Алекс, конечно, убежден, что мы еще слишком далеко, приборы «оживут» часа за три до пролета. Черная дыра вдвое массивнее Нептуна может сбить с орбиты даже Юпитер, но все равно масса ее так мала по астрономическим представлениям, что температура хокинговского излучения – сотые доли Кельвина. Интенсивность такая слабая, что наш самый чувствительный на сегодня анализатор «Термаль» (Германия-Россия-Швеция-Израиль) обнаружит излучение, если оно вообще существует, минут за десять до пролета. Говорят: это будет открытие века! Испарение черной дыры. Прямое доказательство. Восторг. Нобелевская премия.

Я спросил Алекса на той встрече: если все пройдет штатно и излучение Хокинга будет зафиксировано, кому достанутся лавры открытия? Ему, физику, или мне, единственному живому человеку на борту?

«Всем нам, конечно, – ожидаемо ответил Алекс, глядя на меня пронизывающим, как осенний ветер в Балтиморе, взглядом. – Надеюсь, в эти минуты мы действительно будем вместе».

Это меня беспокоит больше всего. Во время тренировок после «встраивания» этого никогда не происходило. Штраус утверждал, что прежние испытуемые прекрасно выдерживали «общие собрания». Не могу себе представить. А как это происходило у Гопкинса с его одиннадцатью встроенными субличностями?

Конечно, я спрашивал у Штрауса и не только у него, у всех психиатров и психологов, с которыми довелось работать: почему после «встраивания» и до полета не предусмотрено ни одного «общего собрания»? Это опасно для моего психического здоровья?

«Нет, Гордон, – твердо отвечал Штраус, – никакой опасности для вас, иначе Ассоциация запретила бы процедуру».

«Но почему предусмотрен только один эпизод полного присутствия? И ни разу – на Земле, перед полетом. Разумно хотя бы раз собраться нам всем пятерым. Тогда у черной дыры было бы проще, разве не так?»

«Не так, Гордон. Понимаете, мозг выдает сигнал "свистать всех наверх" только тогда, когда это реально необходимо, если ситуация требует, если иначе невозможно. У Гопкинса, даже когда возник пожар в комнате, где он спал, субличности остались изолированы, явилась только седьмая, которая когда-то участвовала в волонтерской пожарной команде, она и справилась с пламенем. Явление всех одиннадцати удалось получить только раз, когда мы создали ситуацию, настолько критическую для Гопкинса, что… Можно, я опущу подробности?»

«Вы полагаете, для меня такая ситуация возникнет только в момент пролета около Энигмы? А если на борту возникнет нештатная ситуация?»

«С любой просчитанной нештатной ситуацией может справиться профессионал. Не нужно присутствие астрофизика, чтобы разобраться с аварией системы кондиционирования. И навигатор в этом случае не нужен. На тренировке явилась субличность Чедвика, а вы даже не знали о том, что произошло, верно? Увидели только результат, когда Чедвик ушел, а вы проснулись».

Штраус был прав. То есть у меня не было аргументов, чтобы его опровергнуть. Но страх перед решающими минутами экспедиции, когда в моей голове зазвучат не только мои мысли, но одновременно – мысли Джека, Алекса, Амартии и Луи, – этот страх не прошел. Я не спорил с Штраусом, хотя, наверно, нужно было. Фобия, да. Страх, по сути, самого себя. Я подавил его.

До «встречи» с Энигмой осталось двадцать семь часов, и страх вернулся. Шестьсот тысяч километров. И мы – я говорю себе «мы», хотя думаю об Алексе, – по-прежнему почти ничего об Энигме не знаем. Поразительно. Алекс, судя по его репликам на камеру, записям в компьютере и переговорам с Хьюстоном, считает ситуацию штатной. Ему, конечно, виднее. То есть не виднее, а понятнее. Но мне все равно это представляется странным. Шестьсот тысяч километров до цели – и ни малейших признаков микролинзирования, ни малейших признаков излучения Хокинга, ни малейших признаков плазменного диска около Энигмы. Только сила тяжести невидимой и ничем себя больше не проявляющей черной дыры. Так и должно быть. Все штатно.

Чувствую тяжесть в мыслях. Голова будто свинцом наливается — в невесомости странное, хотя уже привычное, ощущение. Кто проснется сейчас? Наверно, Амартия, хотя никогда нельзя сказать точно. Возможно, Алекс — в последние дни он просыпается чаще других, это естественно. Глаза слипаются, но я успеваю оставить Алексу записку на экране компьютера: «Пусть тебе явится!»

Он поймет.

***

Мне давно кажется, что я вижу чужие сны. Чьи? Может, я ошибаюсь, но собственным ощущениям человек доверяет больше, чем логике и знанию. «Доверяет» — не значит, что готов пользоваться в реальной жизни. Много раз у меня возникало ощущение, будто Эйлис мне изменяет, и я даже подозревал — с кем. Знал, был уверен, что это не так, Эйлис никогда не давала повода ее подозревать, но я все равно доверял своим откуда-то взявшимся ощущениям. Из-за этого мы, бывало, ссорились, глупо и беспричинно, ссоры всегда заканчивались бурными и радостными примирениями, и Эйлис говорила, что мне просто необходимо выпускать пар, отвлекаться от работы, а ревность — прекрасная возможность для переключения, она, мол, понимает…

Ничего она не понимала. А я? Что понимал я?

Странное существо — человек. Даже если не видит чужих снов и не разделяет сознание с четырьмя прекрасными специалистами, которых видел раз в жизни и о присутствии которых знает лишь по результатам проделанной ими в его отсутствие работы.

Но сны я все-таки вижу чужие, и никто не убедит меня в обратном. В пятый уже или в шестой раз мне снится кошмар: я сижу на заднем сиденье то ли машины, то ли легкого самолета, мне хорошо, весело, папа с мамой ведут машину (самолет). Оба сразу? Да, мне так видится. Огромная черная ладонь возникает ниоткуда, сжимает нас в кулак, вокруг начинают сыпаться звезды, много, сыплются, обдают жаром, и я перестаю чувствовать тело, становлюсь духом, призраком, звезды съедают меня, как мухи – кусок тухлого мяса, как грифы – падаль… Я с воплем просыпаюсь – в тишине, передо мной экран компьютера, окруженный рядами указателей, чуть выше носовой обзорный иллюминатор, в нем яркие звезды, которые я сразу узнаю и возвращаюсь в мир. Я кричал? Проверяю звукозапись. Нет, все тихо. Кричал во сне, когда кто-то уходил, а я возвращался.

Чужой сон, и я подозревал – чей. До полета ничего подобного не происходило, а в полете – все чаще. Наверно, Алекс видел мои сны, Джек – сны Амартии. Или это выбросы памяти?

Может, я рассказал бы о своих ощущениях, и пусть Штраус с коллегами поломают голову – чем это нам пятерым грозит. Но я знал, что, если Алексу, Джеку, Амартии и Луи тоже снятся перекрестные сны, они ни разу об этом не обмолвились в разговорах с ЦУПом. Я прослушивал сеансы связи, командиру необходимо быть в курсе.

Двадцать пять часов до пролета.

И мне кажется, что «Ника» пролетит мимо Энигмы, ничего не обнаружив, кроме того, что было известно и до старта. Единственным результатом нашей экспедиции будет уточнение орбиты черной дыры – если раньше положение вычисляли с ошибкой в пятьсот километров, то теперь будут знать с точностью до двух-трех метров. Маленький шаг для человека, огромный – для науки.

И кому это надо, на самом-то деле?

Хочется спать. Рановато, я бодрствовал всего три часа. Но кто-то рвется в сознание, кому-то очень нужно. Алексу? Скорее всего. Не терпится проверить свои предположения, я его понимаю. А может, Джек? Амартия?

Глаза слипаются, и, еще не уйдя, я уже вижу сон. Или воспоминание? Мы с Эйлис в Йеллоустонском парке. Никогда мы там вдвоем не были, но я узнаю: вот вулкан, а вот гейзеры, которые можно увидеть на рекламых постерах. Я обнимаю Эйлис за плечи, а она приподнимается на цыпочки и шепчет мне в ухо: «Чарли, я должна тебе сказать: я люблю…» Окончания фразу я не слышу: вулкан взрывается, гейзеры захлебываются ревом, по небу пролетает ослепительно яркий болид.

«Кого она любит?»

***

Я не один. Просыпаюсь и отчетливо чувствую. Понимаю, что это – остаток сна, неожиданность пробуждения. Не часто, но со мной такое бывало: просыпаешься в своей постели, рядом любимая женщина, но я ее не знаю, и окна, сквозь которые ярко светит поднявшееся над соседними домами солнце, – я впервые их вижу. Поразительно. Где я? И сразу узнаю: как это хорошо, Эйлис спит, значит, и я могу поваляться, солнце слепит, значит, вечером я забыл задернуть шторы, пусть слепит, вставать неохота…

Как сейчас. В первое мгновение не узнаю ни экрана с бегущими строками, ни звезд в иллюминаторе… Где я? То есть – мы? Отчетливо ощущаю, что нас здесь двое, и понимаю, что такого быть не может.

«Да ладно, – говорю себе. – ты не можешь меня не узнать, я тебя уже семь минут дожидаюсь».

«Семь минут назад я спал, – говорю себе. – Кто-то здесь был, конечно. Не я».

Панягин – вижу на экране. Говорил с ЦУПом, стандартная передача данных и обмен новостями. Поел. Дальше. Проверка наблюдательного материала. В этом я не очень разбираюсь, хотя основное, конечно, понятно и мне. Все как обычно. В смысле: ничего. Излучение Хокинга: ноль. Излучение диска: ноль. Микролинзирование: ноль. То есть не актуальный ноль, конечно. Измерены верхние пределы. Если Энигма излучает и влияет на движение пролетающих мимо фотонов, то все это так мало, что пока приборами не фиксируется. Подлетим ближе…

«Ничего не изменится, – говорю себе. – Эти верхние пределы ниже расчетных значений для черной дыры массы Энигмы. Если бы там что-то было, приборы уже сейчас должны были фиксировать. Хотя бы на уровне двух сигма».

«Через несколько часов, – говорю себе. – После коррекции орбиты…»

«Коррекцию провели семь часов назад, – напоминаю себе. – Хьюстон пересчитал орбитальные параметры – наши и Энигмы, – Амартия согласился, что коррекцию нужно сместить во времени, все прошло штатно, можешь проверить».

«Сейчас», – говорю себе и просматриваю журнал: верно, коррекция была в семнадцать двадцать три мирового времени, три коротких импульса по две секунды, расход горючего… так… углы… закручивание… Нормально. И должно было быть нормально – Амартия свое дело знает. Значит, мы уже семь часов летим по орбите, которая должна пройти на расстоянии трех километров от Энигмы. Штатно. Я рад. Надо будет написать Амартии, что он молодец.

«Теперь ты понимаешь, – говорю себе, – что приборы или врут, или свойства черных дыр принципиально отличаются от всего, что нам о них было известно? Или…»

«Что или? – говорю себе. – Или мы вляпались?»

«Понял, наконец, – говорю себе. – И хватит делать вид, будто разговариваешь сам с собой».

Так.

«Так, – говорю себе. – Господи, это…»

«Это я, Господи, – говорю себе, и голос звучит насмешливо, как я умею. – И если сократить слово "Господи" в обеих частях уравнения, то останется… Врубился?»

«Алекс?»

«Уфф», – с облегчением произносит голос Панягина в моем сознании. Я отделяю голос звучащий от голоса мысленного и вхожу, наконец, в реальность. Реальность, где нас двое, хотя я здесь один. Ну, началось.

«Как тебе удалось остаться в сознании, когда я проснулся?» – говорю на этот раз не себе, а Алексу, и сейчас, когда, наконец, действительно врубился, ощущаю краем сознания не свои воспоминания, очень размыто, не очень понятно: я (Алекс?) сижу на заднем сиденье машины, мимо проносятся (не скажу, что очень быстро) деревья, деревья, поле, кажется, подсолнухи, опять деревья…

«Ты все время об этом вспоминаешь?»

«Стараюсь не вспоминать. Но пробивается все равно… Постарайся не обращать внимания. Я давно не обращаю».

«Обращаешь. Иначе я не почувствовал бы».

«Да, – соглашается Алекс. – Но давай не отвлекаться. Постарайся не разглядывать мои мысли, я же не разглядываю твои».

Может, и так. Откуда мне знать, какие мои ощущения и мысли доступны сейчас моей второй субличности? А что будет, когда проснутся остальные трое?

«Теряем время», – говорю се… говорит Алекс.

«Да, – соглашаюсь я. – Ты не ответил: как тебе удалось остаться, когда я проснулся?»

«Нужно посоветоваться. Ты видел показания. И массив данных чувствуешь лучше меня. Есть вероятность сбоев, ошибок?»

«Нет, – говорю я уверенно и знаю что говорю. – Вся аппаратура работает штатно».

«Энигма уже должна быть видна. Хокинг, диск, линза. На уровне двух сигма минимум. Ничего нет».

«То есть масса Энигмы значительно меньше расчетной?»

Сразу понимаю, какую сморозил глупость. Единственное, что давно и точно известно об Энигме – это ее масса. Ни при каких обстоятельствах она не может оказаться меньше – ведь мы летим по расчетной орбите и только что провели расчетную коррекцию. С каждым новым измерением – в частности, во время коррекции орбиты – масса Энигмы, единственный надежно известный параметр, становится известна все с большей точностью.

«Понял?» – говорю я… то есть Алекс, и мне кажется, что я слышу в его голосе тревогу, которая на самом деле может быть моей.

«Чушь! – говорю я. Мне кажется, даже кричу, но понимаю, что Алекс воспринимает мою мысль как крик. – Показания аппаратуры…»

«Невозможно, – перебивает мою мысль Алекс. – По трем важнейшим параметрам? Три основных прибора одновременно? Я провел тестирование. Хьюстон подтвердил, что аппаратура работает штатно. Передо мной просыпался Джек, никаких отклонений в работе приборов не увидел, иначе, ты же понимаешь, отметил бы и в Хьюстон сообщил».

«Что ты хочешь сказать?»

Глупый вопрос. Я знаю, что хочет сказать Алекс, потому что он об этом думает. Старается думать так, чтобы было понятно мне. Мне и так понятно.

Энигма – не черная дыра. У нее нет ни одной характеристики – кроме массы – которые, теоретически, должны иметь черные дыры. Если расположить по уровню достоверности теорий: линзирование (не наблюдается), диск (отсутствует), излучение Хокинга (нет, нет и нет).

«Значит, – соображаю я, – переходим к варианту В. Облако темного вещества».

Алекс смущен. Я чувствую его смущение, он будто пытается отгородиться от моего внимания, как человек, заслонивший лицо руками.

«Что-то не то?» – Я начинаю беспокоиться. В принципе, мне все равно, чем в результате окажется Энигма – лишь бы не кораблем инопланетян. Тогда пришлось бы принимать решение по варианту С, его я тоже прорабатывал на тренировках.

(Вспоминаю: чего я только не прорабатывал! Как-то инструктор подбросил задачку – семь секунд до пролета, а Энигма неожиданно исчезает. Пустота. От того, что отсутствует притягивающая масса, просчитанный гравитационный маневр не происходит, орбита «Ники» не меняется, и у меня может не хватить топлива для коррекции при возвращении. И что? На тренировке я должен был принять решение в одиночку, завтра нас будет пятеро, я всех выслушаю, но решение все равно останется за мной. На тренировке я запустил двигатель и перешел на возвратную траекторию, не дожидаясь пролета, это просчитанный вариант, и инструктору нечего возразить, все штатно в нештатной ситуации.)

А корабль инопланетян… Никто всерьез не принимал, что чужой корабль может быть массивнее Нептуна. Кто-то из операторов, придумывавших нештатные ситуации, взял пример из фантастики, даже назвал роман, в котором такое происходило. Не помню, вылетело из головы… То есть, в принципе, помню, но сейчас не в том состоянии, чтобы вспоминать.

«Не годится». – Это Алекс, я уже легко отличаю его мысль от собственной. Я думаю не так, у меня… как бы правильнее выразиться… моя мысль светло-зеленая, а Алекс думает в коричневых тонах.

«Почему? Чистое поле тяжести. Темное облако, почему нет?»

«Аннигиляция. – Коричневая вспышка. – Ни одного зафиксированного события».

Если Энигма – плотное облако темного вещества (прорабатывал я и такое), то «Ника» уже вторые сутки летела бы внутри него.

Облака темного вещества – во всяком случае, обнаруженные в скоплениях галактик, – обычные разреженные «конструкции», несколько частиц на кубический сантиметр. Правда, пока никто не смог ответить на вопрос: какие это частицы? Физики склоняются к идее аксионов, тяжелых адронов, практически не взаимодействующих с обычным веществом. Практически – не означает: совсем. Ни один аксион не зарегистрирован в реакциях на коллайдерах, это только теоретические идеи, но в любом случае столько аксионов, сколько содержится в двух массах Нептуна, неизбежно дало бы при спонтанных распадах несколько аннигиляционных вспышек. Я не знаю, как происходят такие процессы, но мне и не нужно.

«Аннигиляция, – перевожу я коричневый фон мысли в светло-зеленый. Мне почему-то кажется, что Алексу так понятнее. – Ты в этом лучше разбираешься. И мы не внутри облака – точно. Иначе…»

Мне не нужно додумывать, Алекс додумывает за меня. Вместо меня. Вместе со мной. Иначе орбита «Ники» уже отклонилась бы от расчетной, и Хьюстон запаниковал бы раньше, чем я здесь понял, что происходит. Гравитационное поле облака отличается от поля точечного тела: черной дыры. «Ника» уже влетела бы в облако, верно.

«И что?»

«А то», – коричневый фон сгущается, Алекс пытается сдерживать спонтанные эмоции, я понимаю, он хочет, чтобы мысль была концентрированной, а я хочу сказать, чтобы он не старался, мы вдвоем сейчас, и мне неважно, что он чувствует, то есть важно, конечно, но я могу пропустить эмоции через себя, как перекинуть через плечо брошенный в меня мяч. Почему-то приходит в голову это сравнение, и Алекс тут же мяч ловит, он со мной согласен, и дальше диалог происходит без лишних сложностей.

«А то. Я только сейчас понял, почему меня включили в экипаж».

«Ты – лучший в мире специалист по реликтовым черным дырам».

«Лучший? Нас – лучших – человек пять. Все на одном уровне. Не хочу преуменьшать свои заслуги, но я ничем не лучше Ховарда, Миклоша, Сварецки и Пенроуза».

Молчу. Мне не то что сказать, мне и подумать нечего по этому поводу. Я просто не знаю, чем Сварецки хуже Миклоша, а Пенроуз лучше Алекса. Я и фамилии эти слышу если не впервые, то во второй или третий раз. Кажется, Ховард получил Нобелевку в прошлом году. За что?

«Неважно, – коричневый цвет нетерпеливо пульсирует. – Я долго думал об этом. Приятно, замечательно, что выбрали меня, я рад, счастлив. Но я хотел докопаться до причины. Не мог».

«А сейчас смог?»

Не сдержал насмешливую мысль. Ну, ладно.

«Да». – Коричневый фон застывает. О чем-то Алекс думает затаенно. Ну же…

«В позапрошлом году… ты слышишь меня?»

Странный вопрос. Слышу, конечно. То есть чувствую. И ты знаешь, что я это чувствую. Не нужно волноваться. Ты, как и я (во мне), тренировался не волноваться при любых обстоятельствах, потому что любые вероятные и даже маловероятные ситуации я (ты во мне) прорабатывал на тренировках.

«Я не волнуюсь. Я хочу, чтобы ты понял все, что я сейчас подумаю. То есть скажу».

Да.

«В позапрошлом году на конференции по природе темного вещества в Пасадене я делал сообщение. Мне дали десять минут, я записал на видео, сам прилететь не мог… Ты понимаешь».

Конечно. У Алексея время от времени начинались проблемы с почками, и он вынужден был ложиться в клинику. К счастью для него, болезнь не стала причиной для отказа в полете к Энигме. К счастью, и не могла стать.

«Я рассказал о своем видении проблемы темного вещества. Сообщение выслушали, я готов был ответить на вопросы, но никто ничего не спросил. Ведущий, профессор Берзин, дал слово следующему – и все. Я думаю, меня позвали в команду именно из-за того выступления. Потому что нужно учесть все варианты. Даже невероятные. Коллеги могут идею подхватить или отвергнуть, но, если планируешь такой полет, как наш, нужно иметь в виду любые возможности. Даже немыслимые».

Повторяется. Когда волнуешься, мысль сбивается, а когда мысль и слова – одно, сбивается речь.

«Спокойно, Алекс. Какой вариант?»

«Энигма… то есть тогда, конечно, речь шла не об Энигме, я говорил о проблеме в целом. О том, что темное вещество в нашей Вселенной может быть обычным веществом в другой вселенной, соотнесенной с нашей. Квантово запутанной. В нашей Вселенной это вещество проявляет себя только гравитационным полем, поскольку именно гравитация наши вселенные объединяет».

«А как же аксионы, тяжелые адроны, фотино?..»

Демонстрирую эрудицию, хотя мог бы промолчать: Алекс знает, в чем я осведомлен, а в чем плаваю.

«Это общепринятая гипотеза, – соглашается он, и я ощущаю в его мыслях нотку превосходства и пренебрежения. Конечно, своя идея правильнее, даже если расходится с общепринятой. – Но в реальных экспериментах ни аксионы, ни фотино не обнаружены».

«У нас нет аппаратуры для обнаружения аксионов».

«Конечно. Слишком тяжелая аппаратура, в космос не выведешь».

«Ты хочешь сказать…»

Напрасно я встреваю, только мешаю Алексу думать последовательно.

«Я хочу сказать, что Энигма – не черная дыра, а темная планета из другой вселенной. И нет там никаких аксионов. Это поле тяжести в чистом виде. Но не точечное, как у черной дыры, а распределенное, будто притягивает реальная планета с двойной массой Нептуна и диаметром тридцать тысяч километров».

«Фантом?»

Никак не получается промолчать. Трудно удержать мысль.

«Если находиться снаружи, то да – фантом. Нет микролинзирования, потому что внешнее поле тяжести слабое, на много порядков слабее поля черной дыры. Нет излучения Хокинга, потому что это не черная дыра, понятно. И нет диска – с чего бы ему взяться, если пыль и газ пролетают Энигму насквозь? Все, что мы наблюдаем… точнее, чего не наблюдаем… говорит о том, что моя гипотеза верна. И в комитете понимали, что это может произойти, хотя и почти невероятно, мало кто из современных астрофизиков согласен с идеями взаимодействия вселенных».

«Сообщить Хьюстону?»

«Решение принимать тебе, – складывает с себя ответственность

Алекс. – Проблема в том, что…»

Он продолжает думать, но я отвлекаюсь и перестаю слышать. На пороге восприятия чувствую его присутствие, но он тоже ощущает меня, как себя, что-то бормочет, возможно, подсознательно, – старается не мешать. Но и не уходит. Ждет.

Допустим, Энигма – планета типа Нептуна в другой вселенной. Трудно представить, но и не нужно. Достаточно принять. Без коррекции орбиты «Ника» пролетела бы от Энигмы (продолжаю пока думать о ней как о черной дыре) на расстоянии трехсот километров. Для того и нужна финальная коррекция, чтобы минимальное расстояние пролета оказалось равно трем километров, где все ожидаемые эффекты присутствия реликтовой черной дыры проявили бы себя достаточно сильно.

Что получится, если Алекс прав, и Энигма – темная планета? Если провести коррекцию в запланированное время, «Ника» окажется внутри планеты-призрака. Возможно, это не скажется ни на чем (хотя кто может знать?), но на гравитации скажется несомненно. Внутри планеты сила тяжести уменьшается с погружением, а не увеличивается, как с приближением к черной дыре, и в центре (там, где должна была быть, но не будет черная дыра) сила тяжести равна нулю. Как это скажется на орбите «Ники»?

«Эксцентриситет увеличится, – встревает Алекс. – Незначительно, и фиг сейчас просчитаешь без алгоритмов и точной постановки граничных условий, а они меняются принципиально. Но достаточно очевидно: "Ника" удалится от Солнца…»

«И вторая коррекция не поможет вернуться на Землю».

«Да, это так».

«А если коррекцию не делать?»

Алексей молчит. Ему не нужно думать вслух, я и без него знаю, что произойдет, если коррекцию не провести. «Ника» пролетит на расстоянии трехсот километров от Энигмы, а, если это планета, то – на расстоянии трехсот километров от ее центра. Мы все равно окажемся внутри, поле тяжести уменьшится, причем на непредсказуемую величину, поскольку неизвестны ни реальный радиус планеты, ни распределение в ней тяготеющих масс. Орбита станет непредсказуемой.

Хорошо бы обсудить проблему с Амартией, но это невозможно. До разговора впятером больше десяти часов.

Алекс, однако, сумел прийти…

«Потому что ты – носитель, – объясняет он. – И то я чуть не потерял собственное сознание, пока ввинчивался в твое. Амартия мог бы явиться, почувствовав острую в том необходимость. А он не чувствует».

К сожалению.

«Кто-то решил, что твоя гипотеза реальна, и тебе предложили войти в экипаж…»

«Я так думаю, – с сомнением произносит Алекс. – Но если бы к моей идее относились серьезно, ты прошел бы теоретический курс и тренировку».

«Сообщаем в Хьюстон?»

«Решать тебе», – вторично складывает с себя ответственность Алекс.

Он прав. Я командир-носитель. Консенсусное решение мы можем принять впятером, но – за десять минут до пролета. А в прочих ситуациях решаю я. Просто потому, что, если мы погибнем, то на самом деле погибну я. Один. Один живой человек на «Нике» – с четырьмя субличностями, доноры которых лишены связи со мной, чтобы не нарушить хрупкое равновесие объединенного разума.

Интересно, что они там думают? Что знают?

Ненужные мысли, но Алекс их чувствует.

«Хьюстон не позволяет контактов с донорами, но я несколько раз говорил по приватной связи с Джессикой Чедвик, Алисой…»

С Алисой? Эйлис?

Мне кажется, Алекс смущен.

«Алиса не говорила? Мы познакомились на брифинге, когда меня… нас четверых представили журналистам как будущую команду».

Я знаю о брифинге. Сам не был, Штраус сказал, что мне нужно избегать лишних эмоций, поехала Эйлис, рассказала потом, что было скучновато: «члены команды» держали себя скованно, говорили не больше того, что можно прочитать, увидеть и услышать в средствах массовой информации.

«Хорошие ребята, верно?»

Мне хотелось знать, какое впечатление Амартия, Алекс, Луи и Джек произвели на Эйлис, я доверял ее интуиции. Если бы она сказала о ком-то «мне он не понравился», я отказался бы иметь его в своем подсознании, даже ценой отказа от полета.

«Замечательные! – с энтузиазмом воскликнула она. – У тебя не должно быть с ними никаких проблем!»

Она не сказала, что познакомилась с Алексом. Может, и с другими? Как ей это удалось, если «команде» не разрешили непосредственных контактов с журналистами? Только на брифинге, единственный раз и со сцены: вопросы – ответы.

«Мы переписывались», – сообщает Алексей. По-моему, он рад бы не упоминать об этом, но сейчас не может сдержать собственное подсознание, а сознательные мысли я ощущаю, хочет он того или нет.

«Это против правил. Ты не должен был…»

Точнее: Эйлис не должна была. И не сказала мне.

Сейчас это важно? Нет. Эйлис и Алекс? Чушь.

«Ты уверен, что Энигма – темная планета? Настоящая планета, а не облако аксионов или других темных частиц?»

«Я ничего не могу утверждать. – Алекс начинает злиться, и мне это не нравится. Эйлис и он? Чушь. – Моя гипотеза – из числа маргинальных, никто к ней серьезно не отнесся».

«Кроме НАСА».

«Они отбирали все, что хоть в минимальной степени могло повлиять на результат полета».

Может быть.

«Не думаю, что нужно сообщать прямо сейчас. Это моя гипотеза. А я пока не знаю точно. Не знаю – здесь. Мой донор на Земле – подавно. Группа поддержки не сможет обсудить проблему квалифицированно. Зачем их озадачивать раньше времени?»

Разумно. И решение – за мной.

«Нужно сообщить».

Проблема в том, что штатный сеанс связи с Хьюстоном – через полчаса, и я понятия не имею, кто будет в это время бодрствовать. Если Алекс, он сможет внятно объяснить собственную мысль. А если Луи? Амартия? Джек? Скорее всего, Джек, потому что через сорок минут штатный эксперимент по энергодинамике. Но это – скорее всего, а кто явится на самом деле… В любом случае, нужно оставить ясно написанное сообщение для передачи в Хьюстон.

Клонит в сон. Плохо. Не надо мне уходить сейчас. Но что я могу сделать?

Спать… Не успел наговорить сообщение. Неважно: Алекс составит текст лучше, чем смог бы сделать я. А если не успеет? Если мы уснем оба? Если проснется Амартия? Или Джек? Или Луи?

«Спать…»

Кто это? Я? Алекс?

Почему Эйлис не сказала, что они познакомились?

***

Просыпаюсь в «спальне», пристегнутый, поза не очень удобная. Хотел, видимо, во сне свернуться калачиком, не получилось, по левой ноге бегают «мурашки», но я, во всяком случае, мгновенно ориентируюсь в пространстве. Со мной такое впервые – когда я действительно просыпаюсь, а не прихожу в сознание посреди дня, брошенный в мир кем-то, кто был до меня. Впервые, да. Не знаю, почему так, это и для Штрауса с его командой загадка.

У Хьюстона это не вызывало беспокойства, а меня почему-то нервировало.

Выбираясь из «постели» и, натягивая рабочую одежду, смотрю на часы: одиннадцать сорок три мирового времени, восемьдесят шестые сутки полета, семь часов тринадцать минут до прохождения, передо мной был Луи, оставил записку на мониторе: «Иду спать. Кто проснется – оцени солнечную активность, есть предвестники».

Предвестники вспышки – вижу. И Хьюстон подтвердил. Это было три часа назад, когда Луи собрался поспать – по расписанию, штатно. Он бы остался — все-таки ожидалась вспышка, а это чревато. Но Хьюстон сказал: спать. Если и произойдет вспышка, на сон это не повлияет, солнечный ветер доберется до «Ники» через семь-восемь часов.

Вижу: вспышка произошла. На лимбе, не опасно. Пронесло и на этот раз. За время полета только однажды вспышка заставила меня прервать работу и забраться в «бункер», где можно было только висеть, согнувшись в три погибели, меняя позу, когда становилось очень неудобно. Случилось это со мной, и я, как мог, живописал свои приключения в бортовом журнале, чтобы Джек, Амартия, Луи и Алекс прониклись и ощутили. Они прониклись. Джек оставил записку: «Какой ты, то есть я, то есть ты смешной в этой нелепой позе. Надеюсь, мне, то есть тебе, то есть мне не придется пытаться укусить себя за левую пятку».

Юморист.

Не торопясь, но быстро, принимаю душ, чищу зубы, завтракаю, слушаю новости из Хьюстона, звуковое письмо от Эйлис: «Милый, у меня сегодня семинар в Калтехе, держи за меня кулаки, надеюсь, что, когда ты будешь пролетать мимо Энигмы, я уже буду дома и посмотрю запись, ее ведь покажут сразу, да? Успеха тебе, милый. Я тебя люблю».

Я тебя тоже люблю, Эйлис. Успеха тебе. Но почему ты не говорила, что познакомилась с Алексом? Это против правил. Очень сильно против...

Просматриваю текстовую запись сеансов связь с Хьюстоном за время моего отсутствия. Можно было прослушать, но глазами — быстрее. Что ответил Хьюстон на сообщение Алекса? На его идею.

Гипоте…

Ничего. Ничего не ответил, потому что Алекс ничего не сказал. В Хьюстоне все еще обсуждают, почему до сих пор нет видимых проявлений Энигмы. Две версии: неверная калибровка аппаратуры (очень маловероятно) и ошибки в теоретических моделях черных дыр малых масс.

Алекс не сказал. Он и в дневнике не отметил, а потому Амартия, Луи и Джек не в курсе. Они готовились к будущему пролету по штатной программе, никаких отклонений от графика, разве что Джек работал на тренажере на семь минут меньше, чем нужно, но он-то был ни при чем, он бегал по дорожке, когда его сменил Луи и занялся медицинским обследованием.

И что мне теперь делать? Я не могу обсуждать с Хьюстоном идею Алекса. Меня забросают вопросами, а я не знаю ответов. Алекс может не проснуться до самого прохождения, но, когда мы «соберемся» вместе, будет не до того, чтобы обсуждать завиральную идею. Мы и при консенсусе ничего в Хьюстон сообщить не успеем, почти три минуты сигнал идет на Землю, столько же – обратно. Там не успеют понять, о чем речь.

Переплываю в кабину, опускаюсь в кресло, пристегиваюсь. В трех иллюминаторах – чернота, только несколько самых ярких звезд, которые я отождествляю, ничего не изменилось: Вега, Альтаир, Альбирео, Денеб. Мы летим в лето. Мы летим неизвестно куда.

Алекс. Он меня беспокоит. Он нарушил прямое указание: сообщить в Хьюстон. Он обязан был сказать.

Но он сказал. Мне. Не о гипотезе, хотя и о ней тоже, а о том, что познакомился с Эйлис. С Алисой. Что-то было в его голосе… Или в мыслях?

Неожиданно вспоминаю. Все приватные разговоры записываются, как и другие сеансы связи с Хьюстоном, но кодируются. Только говоривший знает код и может прослушать запись. Правильная система, позволяющая соблюсти приватность даже в таком экстравагантном случае, как наш. Я не могу знать, с кем и о чем говорили во время полета Джек, Амартия, Луи и Алекс, но знаю, когда и сколько времени продолжался каждый приватный сеанс связи. Трое – Джек, Амартия и Луи – вели приватные разговоры почти всякий раз, когда «являлись в мир». Им было с кем говорить. У Джека жена и дочь, и родители живы. Амартия в разводе, но с бывшей женой у него хорошие отношения. Впрочем, разговоры он, скорее всего, ведет с учителем, гуру, наставником. Амартия, конечно, не индуист и не буддист, современный ученый, прекрасный математик, но о людях и смысле жизни предпочитает разговаривать с человеком, имени которого я так и не узнал – помню только, что для Амартии он «святой», что бы это ни значило в моем представлении. А Луи… Ему точно есть с кем вести тихие разговоры о любви, преодолевающей пространство-время, о прогулках под луной в тихом лесу на берегу Луары…

Алекс трижды заказывал приват. Знаю, когда это было и сколько (по двадцать минут) продолжалось. С кем он говорил? Сирота, родители погибли. Ни сестер, ни братьев, ни близких родственников.

Почему только сейчас он сообщил – вскользь, – что знаком с Эйлис?

Работаю, но это рутина, мне не нужно сосредотачиваться, чтобы проверить работу систем, связаться с Хьюстоном, сравнить данные, полученные по телеметрии, со своими, признать, что все в пределах нормы, в том числе двигатели коррекции, которым через шесть часов предстоит сыграть самую важную роль в полете. Отгоняю ненужные мысли, но они скапливаются в дальнем углу сознания, как муравьи у входа в муравейник.

Заканчиваю тестирование и несколько минут любуюсь звездами перед тем, как перебраться на велотренажер. Денеб, Вега и Альтаир по-прежнему в носовом иллюминаторе, Может отказать система наведения, и придется вручную закручивать корабль, наводить на опорную звезду. Это лучше всех умеет делать Амартия, но что, если при нештатной ситуации он будет «спать», а я – бодрствовать?

Энигма должна быть чуть в стороне – в трех градусах – от центра иллюминатора, точно на линии, соединяющей Вегу с Альтаиром. Невидимка.

И хочется спать. Быстро набираю: «Энигма – не черная дыра. Возможно, планета из темного вещества. Радиус неизвестен. Мы можем…»

Что мы можем?

Стираю.

Спать…

***

Так говорил Штраус:

«Только один раз, за несколько минут до прохождения, когда на помощь Хьюстона в принятии решения рассчитывать будет невозможно, вы сможете собрать вместе свои субличности, но только в этом случае».

«Я могу сойти с ума?»

«Нет». – С ответом Штраус помедлил долю секунды, и я мысленно сжался: мне не понравилась интонация его голоса.

«Нет, – уверенно повторил он. – Вы не можете сойти с ума, Гордон. Расстройство идентичности – не психическая болезнь, усвойте это раз и навсегда. Я психолог, а не психиатр. Ассоциация психологов не позволила бы…»

«Да, – перебил я, – это вы говорили еще на том, первом заседании, помните?»

«И многократно повторял впоследствии, верно? Но вы все равно сомневатесь, и это плохо. Еще лет двадцать назад расстройство идентичности считалось болезнью, но исследования постепенно убеждают… большинство психиатров с этим уже согласно… Множественная личность – нормальное состояние мозга. Состояние, обычно подавленное основным сознанием. Это результат эволюции, приспособление к среде. В будущем, скорее всего, каждый человек станет множественной личностью»…

«Это будет ужасно…»

«Это будет естественно, Гордон! Вы читали, наверно, о физических теориях Мультиверса? Таких теорий уже с десяток, не меньше. Человек, личность, существует не в одном мире, одной реальности, но во множестве. Говорят, что реальностей может быть бесконечно много! Человек – таковы последние идеи психологического сообщества – готов для осознания себя как мультиверсной, множественной личности. Почему первые медицинские упоминания о множественных личностях появились в конце позапрошлого столетия, а раньше ничего подобного не замечали? Почему зафиксированных случаев расстройства идентичности все больше, рост идет по экспоненте?»

«Я знаю, вы говорили на лекции».

«Конечно, знаете! Но сомнения…»

«Свойственные рациональному уму», – я попытался отшутиться.

«Вы сомневаетесь в том, что справитесь с обязанностями командира "Ники?"»

«Нет!»

«Это главное. После возвращения вы сможете поступить по собственному разумению. Интегрировать субличности в собственном едином сознании или…»

«Убить их в себе. Алекса, Амартию, Луи, Джека».

«Это не убийство, Гордон, – мягко сказал Штраус. – Это психологическая, а не этическая проблема. И вы готовы ее решить, просто сейчас это не нужно, вы еще даже не полетели, а когда вернетесь, решение придет легко и безболезненно. Для всех».

Так говорил Штраус.

***

Кажется, я вскрикнул, когда, проснувшись, мгновенно (даже раньше, чем осознал себя), понял, что не один. Кажется, сказал: «Черт! Как вы меня напугали!» А может, не сказал – подумал. Да и не напугали они меня на самом деле. Психологически мы с Штраусом и его сотрудниками эту ситуацию много раз прорабатывали в режиме «вопрос-ответ-реакция». Я опасался, что не сумею отличить мысль Амартии от мысли Джека, а Джека – от Луи. Только в Алексе не сомневался – все-таки мы уже сумели пообщаться, – но именно Алекс молчал первую минуту, и я подумал даже, что он не «проснулся».

Все оказалось проще – Джек объяснил. В сознании был он, когда раздался запланированный сигнал (мелодия «Скорпионы»), и на всех экранах прошла заставка «Полное включение!» – пять сцепленных ладоней. Джек подумал: «Ну, ребята, давайте!» и почувствовал, что он не один – с Луи. Они не успели обменяться и парой слов, как объявился Амартия, спросивший: «Почему спит Чарли?».

Но вместо меня явился Алекс, и, как выразился Джек, «отошел в сторонку, заняв место на скамье запасных».

«Без тебя мы не могли начать обсуждение, а тебя не было, и мы начали беспокоиться».

Я сидел, сосредоточившись, перед главным компьютером и носовым иллюминатором. Все экраны показывали нейтральную заставку, Хьюстон демонстративно вывел на дисплеи изображение цветка лотоса в ботаническом саду Токио. Я представил: вся команда – Хедли, Штраус, Холдар, кто еще… – собралась в Контрольном зале. Время неизвестности.

«Семь минут одиннадцать секунд до прохождения. – Готов поклясться, это сказал Джек, хотя мысль была моя, и подумал я, посмотрев на пульт. – Две минуты тридцать три секунды до включения двигателей коррекции траектории».

Да, так.

«Нет, не так».

Алекс. Вот и ты, привет.

Алекс невежливо проигнорировал мое приветствие. Не хочет тратить время на лишние слова, эмоции, разбирательства? Семь минут три секунды до прохождения.

«Энигма – не черная дыра. Это объект из темного вещества. Энигма – планета. Но находится она в другой вселенной. Мы должны решить: корректировать полет штатно или нет. Если да, мы пройдем на расстоянии трех километров от центра масс планеты – глубоко внутри ее ядра. Если курс не корректировать, то, возможно, пролетим мимо, не коснувшись Энигмы. Но тогда шанс вернуться на Землю падает почти до нуля. Доказывать мою правоту нет времени, нужно решать. Вы видите меня, вы все меня чувствуете. Девятнадцать секунд».

У меня ощущение, что я теряю сознание. Усну. Уйду, и они останутся вчетвером (во мне без меня!). Говорят все разом, я тоже, и уже не разбираю, кто что говорит (разобрал бы, но времени нет анализировать).

«Чепуха. Не доказано. Нет времени. Почему ты раньше молчал? Все верно. Если плотность Энигмы такая же, как у Нептуна, то радиус семь тысяч, мы все равно окажемся внутри! Что будет, если "Ника" влепится в планету? Пролетим насквозь, если это темная масса! Внутри планеты поле тяжести убывает, обсчитать изменение орбиты невозможно. Когда обсчитать, о чем ты… Это же фантом, нужно лететь! Значит, корректируем, как планировали?»

Болит голова.

Замолчите все! Одиннадцать секунд! Да или нет?

Удивительно. Сразу – полное молчание. Будто я – один, и решать мне.

«Нет».

«Да».

«Да».

«Нет».

Значит, решать действительно мне.

Почему Алекс хочет, чтобы мы рискнули? По идее, внутри шара из темного вещества нет «настоящей» материи, и мы пролетим сквозь Энигму. Рассчитать изменение гравитационного поля невозможно даже в штатном режиме, потому что неизвестно, как распределено темное вещество внутри Энигмы – если это действительно планета размером с пару Нептунов.

Мысли пронеслись меньше, чем за секунду. Рассказываешь долго, думаешь – мгновенно. Время сжимается. Мысль – полет на субсветовой скорости. Иногда – со скоростью света, тогда ты гений. Иногда – в сверхсвете, который только и возможен в мысленном эксперименте. Тогда ты – пророк.

«Эйлис! – кричу. – Я хочу вернуться к тебе! Я тебя люблю, Эйлис!»

Эйлис… Что мне сказать, Эйлис…

Хьюстон! Молчание.

«Да!»

Это мой голос? Или кто-то выкрикнул вместо меня?

Не имеет значения.

Ускорение прижимает меня к спинке кресла, через секунду меняется направление выброса рабочего тела, и – неприятное ощущение – мне кажется, будто меня толкают, а затем тянут вправо. Не сильно, ускорение всего три десятых g. Но все равно неприятно. Неприятно вдвойне, потому что понимаю: больше ничего сделать нельзя. Хочу я того или нет (а я хочу?), «Ника» пройдет сквозь Энигму – если это действительно темная планета.

«Похоже, – узнаю мысль Джека, – мы совершили самую большую глупость в жизни».

«Об этом мы скоро узнаем» – Амартия.

«Я сказал "да"? – Луи. – Мысль становится словом быстрее, чем успевает подуматься».

«А ты был против?» – Опять Джек.

«Я не успел решить. – Чувствую, как не уверен Луи. – Будто кто-то решил за меня…»

Алекс? Возможно ли такое? Зачем?

Почему Алекс молчит? Почему я не чувствую его – ни мысли, ни голоса, ничего? Он «заснул»? Ушел?

«Алекс! – кричу я. Странное ощущение, будто тянешь себя за волосы. – Алекс!»

И неожиданно – понимаю. Понимание всплывает в моей памяти и сразу – в памяти всех. Мы понимаем то, что уже давно предполагал Алекс. Вспоминаем текст моей (Нашей? Чьей?) статьи в «Astrophysical Journal». Страница высвечивается перед глазами, я узнаю каждую букву, каждое слово, каждое предложение, каждое число, каждую формулу. Все, что обдумывал долгие месяцы, прежде чем записать. Вспоминаю, как смотрели на меня коллеги, когда на конференции по темной материи в Майами я сделал сообщение, ставшее потом ядром статьи в журнале. Меня выслушали вежливо и не задали ни одного вопроса. На лицах я читал: «Бывает. И у лучших ученых есть свои иде-фикс. У Пенроуза, например, – идея циклической вселенной. У Сасскинда – вложенные миры. А у Панягина – темное вещество из другой вселенной. Чепуха, но – красиво. Жаль – недоказуемо, как любая многомировая теория. А если невозможно доказать или опровергнуть – это не наука».

«Алекс, – говорю себе, – что бы сейчас ни произошло, я хочу, чтобы ты знал: я люблю Эйлис. Другой такой женщины нет во всех вселенных».

О чем я? Зачем?

Господи…

Я удивлялся, почему не слышно Алекса. Вот что…

«Ты и Алиса? Прости. Ты же… Ты с ней…» – «Не сейчас, Чарли…» – «Я хочу знать!» – «Вы о чем? Нашли время…»

Послушай, Алекс, – странно так говорить с собой, – ты не ответил на вопрос. Это самый важный вопрос в нашей жизни, Чарли? Да, и ты скажешь, прежде чем… Минута до пересечения пограничной сферы, это я ее так назвал, если размер Энигмы вдвое больше диаметра Нептуна… Ты не знаешь ни плотности, ни даже физических свойств вещества, если там вообще есть вещество. Предполагаю, что плотность такая же, как у атмосфер планет-гигантов. Ты не знаешь… Для того мы здесь, чтобы узнать!.. Не мешайте считывать показания!.. Алекс, ты должен сказать…

Я кричу. Мы. Все. Я. Что-то надвигается, возникает во всех иллюминаторах – зеленое, смутное, яркое, почти невидимое, оранжево-желтое, бесцветное…

Как же я хочу спать!

«Я люблю тебя!» Кого? Кто? Где?

Ухожу.

2 ЭЙЛИС

– Они потеряли сознание за две минуты до того, как от «Ники» поступил последний зарегистрированный сигнал. Две световых минуты – расстояние, на котором находилась «Ника» от Земли.

Штраус столько раз повторял эту фразу в разных кабинетах, разным людям, а сейчас на пресс-конференции, что перестал, в конце концов, понимать, что говорил. Повторял, не думая. Его спрашивали – он отвечал.

– Означает ли это, что мысль передается мгновенно, как и утверждали восточные мудрецы?

Мысль? Какая мысль? При чем здесь мысль? Он хотел накричать на репортера из «Time», задавшего вопрос, но только покачал головой и жестом показал, что пресс-конференция окончена.

В соседнем зале такой же брифинг проводил руководитель программы «Вместе в космосе» Мэтт Холдер, и журналистов там было больше.

– Простите…

Штраус вышел в служебный коридор и решил, что его, наконец, оставят в покое.

– Здравствуйте, миссис Гордон.

– Эйлис…

– Как вы сюда попали, здесь служебные помещения?

– Неважно.

– Родственники членов экипажа «Ники» сейчас в отеле «Холидей», второй корпус.

– Я ушла. Мне нужно кое-что сказать.

– Хорошо, пойдемте, я скажу, чтобы вам помогли.

– Да выслушайте же меня хоть кто-нибудь!

Штраус остановился у переходного моста в Контрольный центр. Он безумно устал, сутки после исчезновения «Ники» были ужасны, он все равно не поймет, что скажет миссис Гордон. Почему она здесь, а не в отеле?

— Алекс… Алексей Панягин не пришел в сознание? Скажите, это очень важно.

— Никто, — механически ответил Штраус, как уже двести раз отвечал сегодня на этот вопрос. — Все четверо находятся в коме четвертой степени.

И внезапно:

— Почему вас интересует именно Панягин?

У миссис Гордон на «Нике» был самый близкий человек. Муж. Единственный человек на корабле. И его нет. Любая женщина на ее месте… а она спрашивает о Панягине, оставшемся на Земле. Да, в коме, как Чедвик, Неель и Сен.

— Потому что только Алекс может сказать, что там произошло.

Удивительно. Женщина на пределе, способна сорваться на крик, может, даже ударить. А последнюю фразу произнесла спокойно, будто давно продумала. В голосе уверенность. «Только Алекс может сказать…»

Ничего он не может. Как и трое других. Неизвестно, выйдут ли они когда-нибудь из комы. Странная история. Все четверо потеряли сознание практически одновременно за две минуты до того, как был получен последний телеметрический сигнал с «Ники». Связь с кораблем прервалась, и за прошедшие сутки восстановить ее не удалось.

— Дорогая миссис Гордон. Я скажу охране, вас проводят в отель. Примите мои соболезнования. Ваш муж был…

— Чарли жив! — Голос все-таки сорвался на крик. — Почему никто не хочет меня выслушать?

Придется, — понял Штраус. Он выслушает, хотя знает каждое

слово, которое она произнесет. Преступная халатность, пренебрежение безопасностью астронавта, компенсация, как ей жить теперь… Придется выслушать, а потом все-таки вызвать охрану.

— Вы психолог, доктор Штраус, вы чертов психолог и ничего не понимаете в квантовой запутанности. Никто в вашей чертовой команде не понимает!

Спокойный голос уверенного в своих словах человека. Стресс, да, сильнейший стресс, почти шок. Эмоции то зашкаливают, то замерзают.

— Войдите, миссис Гордон. Это не мой кабинет, но здесь мы сможем поговорить, а потом вас отведут в…

— В отель, да. И будут там кормить баснями вместо того, чтобы выслушать.

Кабинет был чужой, хозяин мог явиться в любую минуту, но идти с этой женщиной в Контрольный корпус Штраус не собирался. Пусть выговорится, а потом он вызовет охрану.

Он сел на угловой диван, указал на место рядом с собой. Сложил ладони на коленях – жест, приглашающий к разговору. Эйлис села рядом, на Штрауса не смотрела, опустила голову, сцепила пальцы: говорить готова, слушать возражения – нет.

— Что вы хотели сказать, миссис Гордон?

— Я… Я плохо поступила с Чарли. Я плохо с ним поступила, сама не знаю почему. Это… как смерч, понимаете?

Она секунду помедлила, ожидая ответа, и Штраус сказал:

— Нет.

— Как смерч, – повторила она. – Когда была та, единственная

пресс-конференция с… этими… донорами… показывали по телевидению, вы знаете. Я увидела Алекса… Алексея Панягина. Не подумайте, что я его пожалела, потому что он инвалид. Меня поразил его взгляд. Как море. Океан. Вселенная… И он смотрел на меня.

С экрана телевизора. Довольно распространенная реакция даже среди образованных женщин. Таких, как миссис Гордон. Нарушение регламента, конечно, но не очень существенное. С Белчером из службы безопасности он потом поговорит, но тот – ясное дело – отмажется: не в компетенции его людей следить, что делают доноры в неслужебное время. Личная жизнь – это личная жизнь, если, конечно, жены не устраивают сцен в коридорах НАСА, как это было с Берлингером из семнадцатого экипажа МКС-2. Пришлось отстранить от полета, и это было правильно.

– Я нашла его адрес в компьютере Чарли и написала. Мы встретились…

Невероятно! Экипаж «Ники» находился под опекой группы психологов и клинических терапевтов. Если кто-нибудь нарушил режим, они должны были знать.

– Это было после того, как… вы называете «встраиванием», а я говорила «гости». «Твои гости»… «Будь с ними осторожен…»

– Вы говорили Гордону? Уже после?..

Если так, женщина попросту сочиняет. После «встраивания» и до старта Гордон не покидал Институт мозга и не имел контактов с донорами, которых поселили в отеле Джонсоновского космического центра. Они-то, в отличие от Гордона, могли вести обычный образ жизни, только – по распорядку – не покидать Хьюстон: на всякий случай, чтобы каждого из них можно было в течение максимум часа и доставить в Институт.

— Нет. Конечно, до. Когда Чарли… когда его увезли в Инстиут, мы виделись в последний раз. Попрощались, когда за ним пришла машина.

— То есть с Панягиным познакомились потом? После старта «Ники»?

— До старта.

Штраус кивнул. Познакомилась. До… После… Сейчас неважно. Чего все-таки хочет эта женщина? Через четверть часа совещание у Хедли, итоговое, важное, он должен там присутствовать.

— Это было как самум. Шторм. Ураган.

Повторяется. Нервничает. Он уже понял. Это бывает. Они познакомились, встретились и, как она полагает, по уши друг в друга влюбились. Миссис Гордон и Панягин? Красивая, здоровая, умная. И он — великий, говорят, физик, лучший на планете специалист по черным дырам, но — инвалид. Не такой, к счастью, каким был Хокинг, но все же прикован к инвалидному креслу. Одинок. О чем они могли говорить друг с другом? Не о природе же черных дыр, Энигме, уравнениях квантовой гравитации! Штраус много и плотно общался со всей пятеркой — естественно, и с Панягиным, — и не обнаружил в нем ни малейшего интереса к женщинам. Человек не от мира сего. Собственно, только работа позволяло ему справляться с физическим недугом.

— Мы полюбили. Да! — сказала Эйлис с вызовом. — И началось то, что Алекс назвал квантовой запутанностью. Любовь — говорил он, — это квантовая запутанность систем.

— Вот как? — деликатно спросил Штраус, впервые услышав этот, несомненно, сугубо физический термин. Как-то он прочел пару книг… кого же… да, Пенроуза. Известный физик, а читать его Штраус стал, потому что рассуждал Пенроуз о работе мозга, о психике и о сущности сознания. Рассуждения дилетанта. Попытка с точки зрения физика-теоретика разобраться в сложнейших психологических вопросах, в проблемах сознания, которое еще и специалисты не изучили основательно, а уж физик… Любовь как квантовая запутанность, ну-ну. Как говорил Гамлет: «слова, слова, слова…»

– Да! – воскликнула Эйлис. – Так это называется.

Это называлось не так. О любви Штраус имел некоторое представление. С Летицией он познакомился на конференции в Огайо. Он и не думал влюбляться. Как раз тогда – тринадцать лет назад – он защитил докторат в Кливленде и получил приглашение поработать в группе психологической поддержки в Центре подготовки астронавтов. Не в главной группе, но и это счел замечательной возможностью показать себя. Показал. На конференции делал доклад… Неважно, какой доклад он делал, важно, что в кулуарах встретил Летицию. Она, как потом оказалось, приехала только для того, чтобы забрать у Джонсона, секретаря конференции, бумаги, текст которых почему-то нельзя было переслать по электронной почте. А он обсуждал с Джонсоном… неважно, что они обсуждали: Летиция пожала ему руку при знакомстве, и он больше никогда… то есть они так и не расстались. Хотя, если посмотреть со стороны, двое пожали друг другу руки и разошлись, но это по видимости, а на самом деле они будто склеились в тот момент в единое существо, и, когда вечером он сумел узнать номер ее телефона и позвонил, чтобы пригласить с ним поужинать, то был уверен, что Летиция согласится, хотя в то время не знал о ней решительно ничего. «Хорошо, – сказала она, и эти слова он запомнил на всю жизнь. – Я ужасно хочу есть, с утра ни крошки во рту, замечательно, что вы позвонили, я так и думала…» Она, наверно, решила, что сказала лишнее, но это было правдой, а правда лишней не бывает, он это объяснил Лети при встрече, и вот уже тринадцать лет они вместе. Двое сыновей. «Вместе» – как это точно сказано. Нелепо всю огромную непостижимую суть любви сводить к физическому процессу, какой-то квантовой запутанности. «Так это называется».

– Алекс, – сказала Эйлис, – уверен, что вернется. Я не очень понимаю, он думает… не всегда, но часто… думает формулами, для него это обычный способ осознавать реальность, а я путаюсь, хотя сама неплохой математик. Но по сравнению с…

Она замолчала на половине фразы, поняв, что ее не слушают.

– Вы слушаете?

– Нет, – честно признался Штраус. – Когда вы говорили с Панягиным последний раз?

Если миссис Гордон общалась с ним после «встраивания», это было существенным нарушением режима, хотя и не могло изменить ход подготовки: с Гордоном никто из четверки все равно общаться не мог.

– Мы все время разговариваем, – сказала Эйлис тоном, каким обращаются к непонятливому ребенку. – И сейчас тоже. Алекс говорит, что обязательно вернется, только не может назвать точное время. Пока не может, потому что… Простите, числа я плохо воспринимаю, как облако, оно расплывается, и я не успеваю ухватить…

Боже, что она несет. Стресс – это очевидно. Но есть изменения психики. Если она и Панягин смогли общаться, если, как она утверждает, полюбили друг друга, то гибель субличности Панягина на «Нике» и кома, в которую он впал на Земле, не могли не подействовать. Тем более, что погиб ее муж.

Не нужно, чтобы миссис Гордон общалась с родственниками доноров. Пожалуй, ее действительно не следует отправлять в отель.

– Алексей Панягин, – сказал Штраус, – в глубокой коме. Если вы хотите быть в курсе его состояния…

– Вы не понимаете! – воскликнула Эйлис. – Я здесь не для того, чтобы узнать, что с Алексом. – Помолчав, добавила: – И что с Чарли. Я здесь, чтобы сказать, что с Алексом все в порядке, он все мне рассказывает.

– А Гордон? – не удержался от вопроса Штраус.

– Чарли, – вздохнула Эйлис. – Он жив, конечно, но его нет. Как бы нет. Я… я не очень поняла.

А может, все-таки отправить ее в отель? Надо разобраться в связи миссис Гордон с Панягиным.

– Дорогая… мм… Эйлис, – сочувственно произнес Штраус. – Сожалею, но не я один принимаю решение. С донорами – с Панягиным в том числе – работают лучшие врачи не только НАСА. Специалисты из России, Англии, Франции, Индии, Израиля, Германии…

Он мог бы перечислить еще десятка два стран, чьи медики участвуют если не в прямой работе с донорами, то в консилиумах, которые собираются по шесть-семь раз в день. Толку-то…

– Когда будут получены медицинские показания, вам, надеюсь, разрешат посетить палату, где находится Панягин.

Хотя все это непонятно и этически неблагополучно. Любовь? Ну, полно… Панягин, наверно, виделся с этой женщиной и перебросился с ней парой слов, не больше. Об их возможной переписке Штраус не знал ничего – знал бы, конечно, если бы ему доложили о таком нарушении регламента, но, поскольку доклада не было, значит, не было и нарушения. Все, что говорит миссис Гордон, – выдумка.

Зачем?

Вообще говоря, понятно: не может смириться с тем, что мужа нет в живых. Психика неустойчива, и эту женщину неплохо бы положить хотя бы на неделю в клинику при Институте, подержать на антидепрессантах, но вряд ли она согласится.

– Палату, где находится… – пробормотала Эйлис. – Зачем? Я не хочу видеть его в таком состоянии. Я к вам пришла, чтобы сказать: они живы.

Конечно. В памяти любимых.

– Конечно, – мягко произнес он. – Они живы и будут жить, пока мы о них помним.

Эйлис сложила руки на груди, закрылась.

– Вы не понимаете, – с сожалением сказала она. – Давайте я повторю. Слово в слово, то, что сказал Алекс. Я не все поняла, квантовую физику знаю плохо. Но запомнила, потому что он повторил несколько раз и попросил, чтобы я повторяла за ним. Я все помню.

– Да, конечно, – кивнул Штраус. Если миссис Гордон познакомилась с Панягиным, после «встраивания» – значит, на борту могли иметь место инциденты, хотя… Никаких эксцессов, связанных с личными отношениями в экипаже, не зарегистрировано за все время полета.

Что она говорит, эта женщина?

– Полюбив друг друга, мы стали единой квантовой системой. Наши волновые функции запутались, и по необходимости с нашими функциями запуталась волновая функция Чарли. Так всегда происходит, просто физики этот процесс не изучали, проблемой сознания занимались биологи, психологи – кто угодно, только не физики, и потому, естественно, нет даже отдаленного подхода к решению.

Говорит, как по писаному. Запутались? Волновые функции?

– Дорогая миссис Гордон, – Штраус, наконец, принял решение. – Все, что вы говорите, очень интересно.

– Это не я говорю, – отрезала Эйлис. – Я понимаю не больше вас, а вы не понимаете ничего. Так говорит Алекс.

– Вы не будете возражать, если я приглашу кого-нибудь из наших физиков?

– Я только об этом и прошу!

Положим, до сих пор она просила о чем угодно, только не об этом. Очевидно: рассеянное сознание, стресс, фобия, отягощенная бредом. Ковнер, конечно, ничем не поможет – разве только подтвердит бредовость ее слов. Но тогда, имея заключение эксперта, можно будет госпитализировать миссис Гордон по постановлению суда, это легко организовать, учитывая обстоятельства.

– Ну и прекрасно, – бодро произнес Штраус. – Вы запомните то, что сказали…

– Я никогда не забуду…

– Минуту, я только сделаю звонок.

Номер телефона Ковнера у Штрауса не был записан. Они виделись пару раз на обсуждениях, а физиков Штраус хотя и уважал, но недолюбливал – снобы они все, и наука у них снобистская. Он позвонил в отдел космофизики. Оказалось, к счастью, что сотрудники обсуждают «трагедию с кораблем» (как выразилась секретарь) в восьмой аудитории. «Номер я вам дам, доктор Штраус, но лучше позвоните, когда они закончат, доктор Ковнер очень не любят, когда его беспокоят во время семинара». Штраус не стал спорить и вызвал Ковнера. Лишь бы тот не отключал телефон. Никто из сотрудников НАСА не имеет права отключать мобильные устройства – присутствие или консультация могут понадобиться в любую секунду, тем более, что функция высшей степени тревоги пока не снята.

Разговор продолжался минуты две и, как показалось Эйлис, проходил на повышенных тонах, хотя Штраус говорил из соседней комнаты, оставив, впрочем, дверь распахнутой.

– Сейчас придет доктор Ковнер, он физик…

– Замечательно! – воскликнула Эйлис. – То, что нужно! Спасибо, доктор Штраус! – и добавила тише и спокойнее: – Это не я, это Алекс сказал «Спасибо». Он знаком с доктором.

Конечно, знаком. Физики плотно работали с донорами до «встраивания».

– Доктор Ковнер в соседнем корпусе, но это довольно далеко, идти минут десять. Я хочу сказать, миссис Гордон, вы перевозбуждены, вам бы надо…

– Со мной все в порядке, – отрезала Эйлис. – А с планетой…

Господи! Еще и это.

– С планетой… – заметил он примирительно: нужно соглашаться, иначе она замкнется в себе, но, с другой стороны, чтобы согласиться с ее утверждением, нужно понять, что она, собственно, утверждает. – С планетой, – повторил он, – всегда что-нибудь не в порядке. Особенно в последние годы. Глобальное потепление, таянье льдов, торнадо, землетрясения…

Он внимательно следил за ее реакцией: какая из планетарных угроз вызовет у миссис Гордон инстинктивный отклик?

– О чем вы? – удивилась Эйлис. – Алекс не о нашей планете говорит, если вы понимаете, что я имею в виду.

«Если вы понимаете, что я имею в виду». Эту фразу Штраус часто встречал у Агаты Кристи. Ее персонажи изъяснялись на довольно архаическом английском то и дело выясняя друг у друга, понимают ли они, что имеет в виду собеседник. Штраус решил до прихода Ковнера сменить тему.

– Вам, наверно, нравятся классические детективы? Агата Кристи? Просто я услышал знакомую с детства фразу…

Эйлис не стала спорить. Алекс уже понял, что с главным психологом проекта говорить на серьезные темы бесполезно. Смотрит, как удав на кролика. Была б его воля – отправил бы он сейчас Эйлис на психиатрическое обследование. С ним нужно держать ухо востро и соглашаться со всем, что он скажет.

– Да, – сказала Эйлис. – Агата Кристи. А еще Найо Марш, Дороти Сэйерс, Патриция Хайсмит, Патриция Вентворт, Филис Дороти Джеймс, Энн Грэнджер…

Все женщины. Феминистка? С ними нужно быть особенно внимательным. Ко всем ее отклонениям еще и болезненное отношение к гендерному неравенству.

Штраус не стал спорить — не был уверен, что половину названных фамилий миссис Гордон не сочинила сама. О такой писательнице детективов, как Сэйерс, он, например, не слышал.

В комнату на пятой скорости ворвался Ковнер: худой, как щепка, высокий, как телеграфный столб, и громогласный, как сенатор Донелли. Резко остановившись посреди комнаты, Ковнер обратился к Эйлис, не обращая внимания на Штрауса:

— Миссис Гордон, я видел вас с Чарли, вы были прекрасной парой, примите мои искренние соболезнования, это большая потеря для мировой науки, уверяю вас, Гордон был лучшим…

— Чарли жив, — оборвала Эйлис словоизвержение физика и, упреждая новый бессмысленный поток слов, сказала: — И Алекс, я имею в виду Алексея Панягина, жив тоже. О Чедвике, Сене и Нееле сказать ничего не могу, они пока не появлялись.

Штраус удивился такой ладно скроенной, хотя и бессмысленной фразе, а Ковнер подошел к Эйлис, наклонился, чтобы посмотреть ей в глаза, и произнес совсем другим, мягким, обволакивающим и вызывающим доверие голосом:

— Вы говорили о квантовой запутанности. Вам знакомо это понятие? Вы знаете его смысл?

Эйлис прерывисто вздохнула.

— Очень приблизительно. Я повторяю то, что мне говорит Алекс. Он говорит, что нам всем очень повезло, что мы… я и он… полюбили друг друга… если вы понимаете, что я хочу сказать… и что я и Чарли тоже… то есть все трое, потому что иначе запутанность не смогла бы проявиться, ведь Алекс запутан со мной и с Чарли, поскольку они совмещены в одном мозге, а я уже и раньше была запутана с Чарли, мы давно вместе. Тройная запутанность при том, что миры, в свою очередь, полностью запутаны друг с другом – давно, с момента Большого взрыва, когда, собственно и произошла одновременная инфляция двух уже изначально запутанных квантовых флуктуаций в биггсовском вакууме…

У Эйлис пересохло в горле, она поискала глазами бутылку «колы» или что-нибудь еще, но обнаружила только пустой пластиковый стаканчик на столике у окна.

Штраус многозначительно посмотрел на Ковнера, тот ответил столь же многозначительным взглядом, но означали эти взгляды разное и даже несовместимое. От Эйлис обмен взглядами не ускользнул, но внимание ее было занято.

– Пить… – пробормотала она. – Почему-то всегда, когда я говорю с ними, очень хочется пить.

– Водный баланс нарушается, когда мозг усиленно работает, – сообщил Ковнер. – А если в режиме квантового компьютера, это вообще терра инкогнита. Эйлис… Вы разрешите так вас называть? Да? Спасибо. Хочу спросить: вы «слышали», – он голосом взял слово в кавычки, – Панягина… Алекса… еще здесь, до старта? Ведь если, как вы… то есть как он говорит, запутанность возникла как результат влюбленности, то могла проявиться и на Земле, верно? Или…

– Или, – сказала Эйлис. У нее начала болеть голова – от висков к макушке, будто волны боли пробегали туда и обратно. И – пить. Во рту совсем пересохло, уже и слова стали произноситься с трудом, Эйлис почувствовала, что может потерять сознание – как однажды во время школьной экскурсии. Их повезли в Неваду смотреть старые шахты, где проводили когда-то подземные ядерные испытания, она не понимала, зачем ей видеть то, что ее совсем не интересовало, но надо было ехать, она поехала и чуть не отдала концы от жажды, хорошо, что инструктор обратил внимание и заставил выпить литровую бутылку воды… или это был сок?

— Эйлис… Миссис Гордон… — услышала она. Два голоса, даже три: Ковнер склонился над ней и держит в руке стакан, полный шипящего напитка, а еще внутри, в голове, два голоса — Алекс и Чарли. Она в несколько глотков осушила стакан и ответила всем троим, проигнорировав Штрауса, говорившего по телефону, но прислушивавшегося к разговору в комнате:

— Все в порядке, милый. Все хорошо.

Ковнер вздрогнул, услышав обращение, Штраус хмыкнул, а Чарли с Алексом восприняли как должное.

Волна боли ушла в песок, впиталась и затаилась невидимо в глубине.

— Нет, — сказала Эйлис, отвечая на вопрос, о котором Ковнер успел забыть. — Запутанность, видимо, возникает, когда две квантовые системы — два мозга, работающие в режиме квантового компьютера, — оказываются связаны общим чувством. Но этого, вероятно, недостаточно для стабильной связи, разве только на уровне ощущений, общих переживаний… А сейчас добавилась квантовая запутанность двух вселенных, имеющих общее происхождение. Постинфляция — как усилитель. Да, я стала их слышать после… Ну, когда Алекс там оказался запутан с Чарли, а Алекс тут потерял сознание.

— Вам не кажется, Берт, что слова эти имеют не больше смысла… — начал фразу Штраус, потянувшись к уху физика. Может, воображал, что Эйлис не услышит, но слух у нее сейчас был, как у

Мальвы, умершей ее любимой собачки, слышавшей шепот хозяйки из соседней комнаты. Эйлис хотела возразить, сказать словами Алекса, что психолог понимает в физике квантовых процессов не больше повара, который берется судить о психологии, но Ковнер успел раньше.

– Помолчите, Эрвин, – перебил он Штрауса и совсем другим тоном обратился к Эйлис. Возможно, действительно все понимал, возможно, только вид делал, но слушал внимательно и вопросы задавал правильные, Алексу нравилось, а Чарли не вмешивался, хотя и был с ними. Эйлис его чувствовала, ей казалось, что он обнимает ее и дышит в ухо, как он любил, а она обычно его отталкивала, но только не сейчас. Сейчас ей нравилось, как он дышит, – это означало, что Чарли живой.

– Миссис Гордон, – обратился к ней Ковнер, – давайте попробуем с самого начала, чтобы понять, на каком мы свете.

Он понял двусмысленность фразы, виновато улыбнулся и дотронулся до ее ладони – будто руку пожал: не ей, а Алексу, и тот ответил пожатием, которого физик ощутить не мог, а Эйлис почувствовала и ответно улыбнулась Ковнеру. Хорошо, что он пришел. Хорошо, что пришел именно он, а не кто-то другой, кто не стал бы перебивать Штрауса, а наоборот, согласился с ним: да, мол, женщина говорит бессмысленные вещи.

– С самого начала, – повторила Эйлис – не потому, что плохо поняла, а для Алекса, чтобы он вспомнил: что же было в начале. И для Чарли, чтобы не думал, будто все началось с появлением Алекса. Для нее с Чарли начало (как начало Вселенной, как Большой взрыв!) случилось, помнишь, милый, когда ты стоял в очереди на кассу в супере, а я за тобой, и ты оглянулся, я посмотрела тебе в глаза…

«Пожалуйста, Эйлис, не отвлекайся», – с заметным раздражением сказал в ее мыслях Алекс. Конечно, ему неприятно, когда она думает о Чарли, а Чарли вряд ли приятно, когда в ее мыслях появляется Алекс, но сейчас это не главное, не самое важное.

– Доктор Ковнер, – начала говорить Эйлис, не задумываясь ни над одним словом, будто переводчик-синхронист, транслирующий мысленную, да еще и чужую речь, в звуковую и собственную, – помните нашу дискуссию на конференции по темной материи в Майами?

Ковнеру странно было слышать вопрос, заданный женщиной, на конференции не присутствовавшей. Штраус тоже внимательно слушал разговор, от которого так неожиданно был отстранен, и делал свои выводы – не совпадавшие с мнением Ковнера, хорошего физика, ничего не понимавшего в психиатрии.

– Помню, конечно, – кивнул Ковнер. – Вы имеете в виду ваш доклад о том, что темное вещество проявляет себя лишь в гравитационных взаимодействиях не потому, что это частицы типа нейтрино, слабо взаимодействующие с обычной материей, а…

– Да-да, – перебила Эйлис, внутренне сжавшись: она не посмела бы так говорить с лауреатом (почему-то вспомнила, хотя никогда не знала, что Ковнер – лауреат престижной Мюллеровской премии по физике). – Вы говорили об аксионах, о тяжелых частицах, а я показал, что речь идет о взаимодействующих вселенных, одновременно возникших в процессе хаотической инфляции по модели Линде. Только в этом случае возможно гравитационное взаимовлияние без присутствия физического вещества.

Искривление пространства в чистом виде.

– Послушайте, коллега, – Ковнер не заметил, как пересек невидимую границу в разговоре, он не к Эйлис обращался, хотя держал ее за руку и смотрел в глаза, он разговаривал с Алексеем Панягиным и видел его, сидевшего в инвалидной коляске, высоко поднявшего голову, чтобы видеть собеседника, не подумавшего, что лучше бы сесть, чтобы глаза его и Панягина находились на одном уровне. Эти условности были незначительны для обоих, речь шла о предмете куда более важном и интересном. – Послушайте, вы должны помнить мою аргументацию!

– Конечно, – сказала Эйлис и забрала свою ладонь из руки Ковнера. Инстинктивный жест, не более, но физик смутился и взглядом попросил прощения. «У кого? – подумала она. – У меня или Алекса? Или у Чарли?»

– Стандартная аргументация физика, не воспринимающего принципиально новую концепцию, пока старая еще не доказала свою несостоятельность.

– Согласитесь, это правильное отношение… – начал Ковнер и запнулся, осознав, насколько нелепо здесь и сейчас звучит его защита принятой теории.

– Конечно, правильная, – согласилась Эйлис. – Иными словами, вы все же считаете, что сидящая перед вами женщина может с вами, известным физиком, свободно дискутировать на темы, в которых ничего не понимает?

«Извини, Алиса, – сказал Алекс, – но ты действительно не разбираешься в моделях темного вещества. Тебе не сложно говорить о себе в третьем лице?»

Эйлис хихикнула, осознав, что, видимо, предоставила Штраусу

еще одно «доказательство» своей невменяемости.

– Вернемся к проблеме квантового запутывания, поскольку она – самая важная.

– Вы же понимаете, – мягко, стараясь не раздражать собеседника (собеседницу?), проговорил Ковнер, – что, если вселенные и были в запутанном квантовом состоянии в момент прекращения инфляции, то декогеренция очень быстро привела к изоляции миров.

– Нет. Вселенные все еще полностью запутаны, – Эйлис (или Алекс?) тоже говорила мягко и без нажима. – Иначе в нашей Вселенной не было бы темного вещества.

– А это еще нужно доказать! – с неожиданной запальчивостью воскликнул Ковнер и ткнул пальцем в грудь Эйлис. Понял неуместность жеста, покраснел, спрятал руки за спину, пробормотал «простите, миссис, простите», но мнения своего не изменил. – Да, – пробормотал он, – это действительно нужно еще доказать.

– Вы о математике? – осведомилась Эйлис с ощущением, будто все глубже погружается в колодец без дна, как ее тезка из книги Кэрролла, и, как она, должна за что-нибудь ухватиться, чтобы не лишиться рассудка. Собственного рассудка. Она любила Алекса, любила Чарли, но не хотела терять себя и с удивлением подумала, что самоощущение ей дороже любви, и какое счастье – быть собой. Как мог Чарли согласиться на ужасный эксперимент, впустить в свое сознание людей, которых он и не знал толком, в том числе Алекса?

Совсем запутавшись, Эйлис, тем не менее, продолжала уверенно вести разговор.

– Математически это сложнейшая проблема, хотя я еще в прошлом году опубликовал в «Physics Letters» статью, где…

– Читал я вашу статью, доктор Панягин! – воскликнул Ковнер. – Интересный подход, но – не решение, нет, не решение, и вы это знаете!

– Да, – согласилась Эйлис. – Иначе и быть не могло, я не настолько хороший математик, чтобы сделать все сам. Наш разговор вы доказательством не считаете?

– Доказательством чего? – смутился Ковнер.

Эйлис посмотрела на Штрауса, сидевшего на краешке стула, внимательно слушавшего и поглядывавшего на дверь – ждал. Кого? Санитаров? Охрану?

– Запутанности миров, естественно, а не невменяемости Алисы. Перечислю факты. То есть – факты с вашей точки зрения. «Ника», как вы все еще считаете, после коррекции орбиты оказалась в катастрофической близости от Энигмы, то есть от черной дыры – буду пока придерживаться официальной версии. Именно поэтому пропала связь – произошло столкновение, да? Энигма – а если это черная дыры, то радиус эргосферы всего полтора миллиметра – пронизала «Нику» насквозь. Относительная скорость после коррекции была невелика, корабль разрушился в результате действия приливных сил, и остатки, образовав не какое-то время (его, кстати, легко рассчитать) плазменный диск около Энигмы, всосался внутрь эргосферы и перестал существовать для внешнего наблюдателя. Гордон погиб мгновенно. Все так?

– Ну… да, – протянул Ковнер.

«Эта женщина, – подумал Штраус, – запомнила, что сказал Мэтт на пресс-конференции. Память у нее хорошая. Память не страдает при душевном расстройстве».

– Нет! – вскрикнула Эйлис, в горле запершило, и она

откашлялась. Алекс в это время продолжал говорить, но слова его Эйлис воспроизвести не смогла, и повторить не могла тоже, потому что не знала, что Алекс говорил секунду назад. Откашлявшись, она продолжала... Алекс продолжал...

— ...мы четверо, у вас, на Земле, впали в кому, потому что так проявилась квантовая запутанность. Ваши психологи и клиницисты не принимали этого в расчет, для них квантовая физика — не просто терра инкогнита, но нечто, не имеющее к психической составляющей разума ни малейшего отношения.

— Почему же, — попытался возразить Ковнер, вызвав у Штрауса странную реакцию: тот протянул к физику руку, будто хотел заставить его замолчать, но рука повисла в воздухе, и психолог застыл в неуверенной и неудобной позе. — Физика и психология в последние годы... Впрочем, вы сами знаете, я читал две ваши статьи о проблеме наблюдателя в многомировых теориях Эверетта, Линде и Бома.

— Бинго! — воскликнул Штраус и, поаплодировав, принялся с интересом следить за реакцией Эйлис. Если женщина что-то запомнила из разговоров с Панягиным, проблема наблюдателя, скорее всего, прошла мимо ее внимания. Впрочем, она прошла мимо внимания и самого Штрауса.

— Что вы сказали? — повернулась Эйлис к психологу.

Тот пожал плечами, не желая подсказывать ответ или наводить на конкретную мысль. Разумеется, преуспел.

Эйлис переводила взгляд с Ковнера на Штрауса и обратно, будто ждала от них подсказки, губы ее шевелились, взгляд был обращен в себя.

Ей нечего было сказать. Алекс ушел. Исчез, будто играл с ней в прятки, спрятался за стеной в сознании, и в мыслях ее закрутились, как замкнутая магнитофонная лента, несколько тактов из старой битловской песни «Yesterday». Эйлис было хорошо знакомо это состояние – приходишь с работы, мыслей нет, кроме одной: спать, спать... В голове крутится мелодия, иногда эта, иногда другая, и сна вроде нет ни в одном глазу, а потом – раз – и просыпаешься утром...

Спать? Что-то произошло. Эйлис не понимала, почему ушел Алекс, почему эти двое смотрят на нее и думают бог весть что. Нужно сказать... что-нибудь.

– Вот, значит, как. Ты действительно в него влюбилась? Я чувствовал в последние дни: что-то в тебе изменилось.

Оба – Штраус и Ковнер – смотрели на нее во все глаза, и Эйлис поняла, что произносит слова вслух с интонацией Чарли.

– Так-так, – задумчиво произнес Штраус. – Теперь Гордон вместо Панягина.

«Я поверил в эту игру? – спросил он себя и сам себе ответил. – Нет, с чего бы?»

Для Ковнера переключение оказалось неожиданным, он хотел прикрикнуть на Эйлис: «О чем вы? Давайте дальше, мы говорили о связи физики с психологией...»

«Прости, – подумала Эйлис. – Я не знаю, что со мной тогда произошло. Влюбилась? Не в мужчину, если ты подумал об этом, милый. Я... не знаю».

И только подумав, поняла.

Господи, это ты, Чарли?

«Я, – сказал Чарли, и Эйлис не стала повторять вслух. – Что тебе наговорил Алекс? Надеюсь, он проспит часа три. Лучше – больше».

– Здравствуйте, доктор Ковнер. Здравствуйте, Эрвин.

Оба вздрогнули. Переглянулись. Штраус опять потянулся за телефоном.

— Нет-нет, доктор Штраус, — сказал Гордон. У него хорошо получались начальственные интонации, а у Эйлис хорошо получилось передать их своим голосом. — Я не знаю, скоро ли Алекс опять проснется, и понятия не имею, могут ли явиться другие трое, поэтому послушайте: доложу, как все происходило после прекращения связи. Меня уже списали в расход, а? Доктор Штраус? Не смотрите так, это действительно я. Хотите тест? Вспомните нашу встречу вечером в парке на Второй улице. Пятница, семнадцатое ноября. После тренировки. Вы были не с женой, а с молодой женщиной, которую обнимали, и очень смутились, не ожидали встретить меня, верно? Я обычно не заходил так далеко в парк, но в тот вечер задумался и побежал по незнакомой дорожке. Вы назвали женщину по имени… как же… да, Кэтрин. Психолог из Бостона. Вы могли бы ее и не представлять, мне не было никакого дела до того, с кем вы гуляете, на ночь глядя. Но, видите ли, я ее хорошо знал. Кэтрин работала в баре у Дагмара, прелестная женщина. Психолог? Если бы вы не солгали… А тут стало все понятно. Помните этот эпизод, доктор?

Штраус сидел, не шелохнувшись.

— Да, — выдавил он, покосившись на Ковнера. Не хватало, чтобы о его интрижке (он все еще встречался с Кэт, жена ничего не подозревала) узнал весь Институт.

Ковнеру, к счастью, не было дела до похождений Штрауса.

— Добрый день, Гордон, — сказал физик, пытаясь поймать ускользавший взгляд Эйлис. Показалось ему, или взгляд, выражение лица, даже, кажется, цвет роговицы изменились, и перед ним сидела не та женщина, что минуту назад? То есть та, конечно, но… не та.

– День… – пробормотала Эйлис. – Да, пожалуй. Четырнадцать двадцать три мирового времени. Добрый день, доктор Ковнер. Вы сможете выслушать, запомнить и доложить? Я не уверен, что Эйлис допустят к операторам, которые сделают запись, да и времени нет, Алекс или кто-нибудь другой… Эрвин, вы тоже слушайте – при случае дополните пересказ. Кстати! У вас телефон. Как я сразу не подумал? Включите диктофон, пожалуйста.

Штраус покачал головой, постучал двумя пальцами по лбу и оглянулся на дверь – он все еще ждал кого-то, а Ковнер, не проявляя видимого интереса, придвинулся ближе к Эйлис, переключил телефон в режим видеозаписи и прислонил к спинке соседнего стула, чтобы миссис Гордон оказалась в кадре. Он по-прежнему не верил, что «Ника» в другой вселенной, что бы эта женщина… или Панягин, который якобы связан с ней квантовой запутанностью… ни говорила. Физический смысл в ее (его) словах был, над сказанным следовало подумать, но существовало и противоречие. Радиосигнал с «Ники» пропал за две минуты семнадцать секунд до расчетного времени прохождения мимо Энингмы. Доноры на Земле потеряли сознание еще на два или три минуты раньше (точнее время установить не удалось из-за возникшей паники). Именно тогда на корабле что-то произошло?

Ковнер вздохнул. Если принять идею о квантовой запутанности этой троицы… Какая, к чертям, запутанность классических (люди же, не электроны!) систем? Ох… Если все же принять… Тогда кома наступила физически одновременно с моментом, когда – в системе отсчета «Ники» – пропал сигнал. А это чушь, потому что при квантовой запутанности двух систем (допустим!) информация между ними не передается. Да, события происходят одновременно, но узнать об этом наблюдатель может только тогда, когда световой сигнал пройдет путь от «Ники» к Земле. Все эксперименты по квантовой запутанности и телепортации показывали: информация не передается мгновенно, принцип относительности не нарушается.

А если послушать миссис Гордон… То есть Гордона…

Задумался Ковнер и отвлекся всего на секунду. Он сосредоточился, но упустил несколько слов, сказанных Гордоном. «Потом прослушаю запись».

– …планета размером с Нептун – возможно, больше. «Ника», видимо, прошла сквозь верхние, очень разреженные, слои атмосферы, нам сильно повезло. Сейчас я не могу оценить последствия. Визуально – «Ника» находится на расстоянии примерно ста тысяч километров от… буду называть планету Энигмой, хотя, конечно, это не черная дыра. Планета похожа больше на Марс, чем на газовый гигант. На борту нет газовых анализаторов, так что, к сожалению, я ничего не могу сказать о составе воздуха. Телеметрию вы, конечно, не получаете? Не знаю, что наговорил Алекс, не разбираюсь в его теориях… Господи, как я хочу пить. Кто-нибудь, дайте, пожалуйста, сок! Или хотя бы воды!

Ковнер очнулся. На столе стояла бутылка минеральной воды, и, не обнаружив стакана, он протянул Эйлис бутылку. Она с жадностью припала к горлышку, вода потекла по подбородку, Эйлис закашлялась, что-то попыталась сказать, понять было невозможно, и Ковнер подумал: теряем информацию.

В следующую секунду он понял, что может потерять не только информацию, какой бы странной она ни была, но и возможность понять случившееся: распахнулась дверь, в комнату вошла женщина.

Штраус поднялся ей навстречу.

— Не очень-то вы торопились, — выразил он свое недовольство.

Эту женщину Гордон терпеть не мог, Эйлис встала, ухватила пустую бутылку за горлышко и высоко подняла над головой. Эмоцию Чарли она ощутила прекрасно: ничего хорошего от этой стареющей дамы, доктора Чжао Ланьин, главного врача проекта «Вместе в космосе», ждать не приходилось.

— Журналисты, — буркнула доктор Чжао. — Еле избавилась. Здравствуйте, миссис Гордон.

— У миссис Гордон сильнейший стресс в связи с прискорбными обстоятельствами, — сдерживая эмоции, заговорил Штраус.

Быстрый обмен взглядами, короткий объясняющий жест, и этим двоим все стало понятно. Женщина в состоянии аффекта, необходимо изолировать, на время, до постановки диагноза, да, я вижу, зрачки расширены, бутылка… все ясно.

А Эйлис испытала ужас, какого не испытывала никогда в жизни. Чарли, только что владевший ее существом, Чарли, которого она любила и предала, Чарли, все понявший и простивший, Чарли, все знавший, живой и готовый помочь, — исчез, будто провалился в преисподнюю, выключился, оставив в мыслях чудовищную, мрачную, неизмеримую, оглушительную пустоту. И Алекс тоже ушел, он был радостный, теплый, родной, а теперь не было и его. Одиночество Эйлис пугало всегда, она не могла быть одна, она и с Чарли сошлась сначала, чтобы не быть одной, а полюбила потом, но это неважно, сейчас она одна, и больше никого нет, эти люди — чужие, и что им сказать, она не знает, нет ни одной мысли, она даже повторить не сможет ни одного слова, произнесенного ее губами.

Она говорила… но говорила не она.

«Почему? – возмутилась Эйлис. – Почему вы бросили меня? Оба! Мужчины! Какие вы все предатели!»

Бутылка выпала из ладони, Эйлис опустилась бы на пол, если бы ее не поддержал Штраус.

Доктор Чжао задала два простых вопроса. Эйлис понимала, что вопросы очень простые, и от ее ответов зависит, что скажет эта женщина, но смысл все равно ускользнул, будто просочился сквозь тело в пол и растекся лужицей – пяткам стало мокро и холодно. Странно, туфли на толстой подошве, почему холодно ногам?

Пожалуйста, то ли подумала, то ли сказала Эйлис, позвольте мне отдохнуть. Час, два, десять, всю жизнь…

Помощь пришла от человека, от которого она меньше всего ожидала.

– Послушайте, доктор Чжао, – резко произнес Ковнер и встал между ней и Эйлис. – Вы не можете сейчас изолировать миссис Гордон. У нее контакт с Гордоном и Панягиным. Важная информация.

Он волновался, и голос звучал неубедительно. Впрочем, был ли Ковнер уверен в своей правоте? Квантовая запутанность? Голоса из другой вселенной? Живой астронавт, погибший при контакте корабля с черной дырой? Он действительно считает, что это не только возможно, но и произошло в реальности?

– Вы потом послушаете запись, – мягко проговорила доктор Чжао. – Эрвин сказал, что вы все записали, верно? Послушаете и оцените, насколько сказанное соответствует физическим представлениям. Не мне об этом судить. Но я вижу очевидные признаки диссоциативного расстройства. Доктор Ковнер, пожалуйста, не мешайте нам делать свою работу, а мы не будем вмешиваться в вашу.

– Но информацию важно… – начал Ковнер и замолчал. Специалисты! Они не поняли, что произошло? Не поняли, почему миссис Гордон стало плохо? Это же очевидно! Панягин ушел, пришел Гордон, оба находятся с ней в глубокой эмоциональной связи, которая, видимо, и определяет степень квантовой запутанности систем в макромире. Сейчас там, на корабле, произошла смена личности. Гордон тоже ушел, «уснул», как они говорят, и кто пришел… Чедвик? Сен? Неель? Неважно. Эти субличности с миссис Гордон не знакомы, вот и все. Она их «не слышит», и сейчас у нее действительно стресс, связанный с декогеренцией, которая, вполне вероятно (да кто ж это знает!), не позволит запутанной системе возродиться, и то, что миссис Гордон… то, что произнесли, на самом деле, Гордон и Панягин, – последние слова из другого мира. Другой вселенной.

Он беспомощно наблюдал, как доктор Чжао подала руку Эйлис, что-то ей на ухо прошептала. Держась за руки, женщины пошли к двери, Штраус следом – с видимым облегчением, он не хотел брать на себя ответственность. Ковнер вышел последним.

Они шли по коридорам, где он никогда не бывал – или не помнил, или сейчас не узнавал: впереди миссис Гордон с доктором Чжао, за ними неизвестно откуда взявшиеся двое мужчин (охрана?) и Штраус. Очередная дверь перед физиком захлопнулась, едва не ударив по лбу. Они ушли, а он остался.

Без него они ничего не поймут. Не поймут даже, что психиатрия и психология не имеют смысла как науки, если не изучать их в согласии с физическими принципами. Не поймут – и никогда не понимали, – что без квантовой физики в природе сознания не разобраться. Не поймут, что, проведя эксперимент по внедрению чужих субличностей в сознание Гордона, они создали новую квантовую систему в состоянии суперпозиции. Рассчитать такую систему невозможно, даже в далеком будущем это не сможет сделать никто, даже с помощью квантовых компьютеров, а природа делает это без предварительных расчетов, люди с диссоциативным расстройством тому примеры. Штраус и Чжао станут лечить миссис Гордон от психической травмы, ничего не понимая в квантовых системах, и уничтожат единственную возможность узнать, понять… понять… узнать…

Ковнер стал стучать, но дверь не открылась, и никто не вышел, чтобы спросить, какого черта он поднимает шум.

Ковнер подумал и набрал номер руководителя проекта, Холдера. Наверняка тот не ответит, но другие варианты хуже. Только Холдер может взять на себя, отдать распоряжение… «Абонент временно недоступен. Позвоните позже». Конечно. Недавно закончилась пресс-конференция, Холдер еще долго будет вне доступности. Кто сейчас захочет выслушать физика-теоретика, широко известного в узких кругах? Человек погиб! Астронавт! Сгинул в черной дыре. Распался на атомы. Трагедия… А вы со своими теориями.

Ковнер хорошо разбирался в физике, но очень плохо представлял сложную бюрократическую систему НАСА и, тем более, международных структур и стран, участвовавших в проекте «Вместе в космосе». Кто за что отвечает, кто еще способен принять решение, хотя, скорее всего, решение принимать уже поздно, и все зависит от миссис Гордон. Будущее науки, будущее человечества (какие фразы, но это так на самом деле) зависят от женщины, которая ничего собой не представляет, но – любит! Сейчас все определяет ее любовь, как ни банально, как ни глупо, как ни странно это звучит. Любовь, которая поддерживается квантовой запутанностью, и исчезает, когда происходит декогеренция.

Ковнер шел по коридору – по одному, потом по другому, – плохо представляя, куда и зачем идет, пока не открыл дверь в свой кабинет. И только оказавшись в привычной обстановке – кресло, компьютер, чашка с остатками кофе, – понял, что может, должен, обязан сделать.

Правда, после этого в проекте ему уже не работать. А будет ли жив проект?

– Добрый день, мистер Касарес, – сказал он, набрав номер и дождавшись, когда знакомый голос произнесет фразу, известную всем телезрителям: «С вами Лео Касарес, и мы можем поговорить обо всем». – Мое имя Берт Ковнер, я доктор наук, физик-теоретик, участник проекта «Вместе в космосе»…

3 ГОРДОН

Планета топорщилась в левом иллюминаторе, переливаясь в носовой, будто оранжевая, с примесью коричневых водорослей грязная вода на диком пляже. Не знаю, почему у меня возникла такая ассоциация, но было страшно: казалось, что сейчас, в следующее мгновение «Ника» нырнет в глубину, и все кончится. Почему-то и эта мысль – точнее, ощущение – вцепилась в мозг и, будто навязчивая мелодия простенькой песенки, повторялась снова и снова, прогнать ее я не мог и повторял: «Нырну, и – конец, нырну – и конец».

Ощущения и впечатления обманчивы. Мысли самопроизвольны, особенно когда только проснулся, мир воспринимается продолжением прошлой реальности, а кабину ярко освещает реальность новая, неожиданная.

Планета. Разрывая мелодию, вцепившуюся в мозг, будто кот в занавеску, повторяю – кажется, даже вслух: «Планета. Это все-таки планета. Планета…»

Да, планета. «Ника» медленно (оборот за 73 секунды – вижу на дисплее) вращается вокруг продольной оси, горизонт заваливается, исчезает из носового иллюминатора, возникает в правом, и я спешу рассмотреть детали.

На первый взгляд планета напоминает Марс – прежде всего ищешь аналог, хочешь сравнить с чем-нибудь знакомым. Цвет. Барханы. Как на известных фотографиях с марсианских спутников. Нет, конечно, нет. Планета вовсе не красная, хотя красное преобладает. Зеленые, серые, коричневые и вовсе неопределенного цвета пятна возникают и исчезают, вспучиваются и проваливаются, мне даже воображается, что издают при этом хлопок, будто лопается газовый пузырь. Хлоп-хлоп-хлоп. И барханы, которые, конечно, не барханы, это слово всплывает само, как и эти образования, перетекающие, будто волны. Мне кажется, я различаю гребни, волны катятся – такое ощущение, что катятся они не где-то внизу или сбоку от «Ники», а прямо по иллюминаторам, скребутся, и я слышу еще и этот звук. Галлюцинация? Нет, тихо бурчит воздуходувка, но звуки смешиваются – внешняя, воображаемая, реальность и внутренняя, обычная.

Самый большой бархан взлетает, будто подброшенный чьей-то ладонью, разбивается на брызги, разлетается, и я понимаю, что это не песок, как кажется, а может, даже не жидкость – газ, облако, туча. Капли исчезают, вспучиваются новые… а формы, формы… снежинки, деревья, правильные многоугольники, изломанные береговые линии. Появляется и исчезает что-то, напоминающее остров Мадагаскар, а вот – Англия, очень похоже, и все смешивается, растекается. Планета будто живая, а может, живая на самом деле, как в фантастическом романе.

Не могу оторвать взгляда. А нужно. Пересиливая себя, перевожу взгляд на экраны, пробегаю по приборным панелям. «Ника» – в порядке. Что бы на самом деле ни произошло, на корабле все работает штатно. А внешняя аппаратура… Высотомер… Работает, надо же. Можно ли верить числам? Придется – а что делать? До Энигмы – двести тридцать тысяч километров. Угловой диаметр – сорок градусов. Значит, диаметр реальный… Семьдесят тысяч километров. Полтора диаметра Нептуна. Полтора, ага. Алекс ожидал – чуть больше двух, если масса исчислена верно, а плотность… Значит, плотность планеты больше, чем плотность земного песчаника. Надо же. Камень? Каменные пузыри? Волны? Камень, текущий, будто вода?

Поднимаю взгляд к носовому иллюминатору. Нос «Ники» черпает пустоту, вижу звезды, немного, самые яркие – кажется, те же, что прежде: Вега, Альтаир… Нет. Не нужно ассоциаций, не нужно заставлять мозг выдавать запомненную картинку за реальную. Другие звезды. Яркие, да. Звезды как звезды – далекие, висящие на черном фоне, точки-фонарики. Просто звезды. Другие. Не наши.

Не наши.

Не…

Алекс прав. Это – Энигма. Планета. В другой вселенной.

Утверждаю эти слова в сознании: повторяю опять и опять, пока они не вытесняют глупую песенку, нелепые сравнения и ожидаемые ассоциации. Другая вселенная.

Если прав Алекс, Земля, Солнце и все планеты нашей системы здесь, в этом пространстве проявляют себя так же, как темное вещество в нашем мире. Поразительно – от родной планеты осталось только поле тяжести, невидимое глазу, невидимое и… Стоп.

Наверно, все так, но Алекс в этом разбирается, а я – нет. Я бы у него спросил, но сейчас он «спит», а когда «проснется», спать буду я. Он сумел выйти из сна и говорить мо мной. Не знаю, как у него получилось, Штраус утверждал, что одновременное бодрствование двух и более сознаний возможно только в условиях крайнего стресса. Запланировать сумели только одну «встречу» – перед прохождением, – и психологи утверждали, что такое не повторится до возвращения «Ники» на Землю.

До возвращения…

На Землю…

Никогда не предполагал, что ощущение одиночества может быть таким острым, таким пугающим, таким…

Рыжая конопатая планета оказалась монстром, поджидавшим меня в глубине пространства. Монстр прикидывался черной дырой, надел на себя плащ невидимки: «Ах, вы думаете, я черная дыра, ну так думайте, бездарные вы мои…», а потом – хоп…

Что со мной?

Трясу головой, расплескивая ненужные мысли, они (странное

ощущение!) разлетаются по кабине, постанывая и испаряясь, и я почему-то думаю, что ужас мой – не настоящий. Истинный ужас – не от разума, а от чувств, эмоций, ощущений. Когда страшно от понимания ситуации – это не ужас, и я могу с ним справиться.

Что и делаю. Беру себя в руки и только теперь испытываю истинный ужас, от которого темнеет в глазах, начинают трястись руки, мир теряет очертания, становится призрачным и…

Эйлис. Это ее ужас. Я ТАК ее чувствую? Мне кажется, или она на самом деле здесь, со мной? Во мне, как и эти четверо, которые сейчас спят, но в любую секунду кто-то из них может проснуться, вытолкнуть меня, остаться с Эйлис наедине… Острое ощущение ревности колет, как шпагой в сердце. Умом понимаю, насколько это глупо, разве что Алекс… Эйлис с ним познакомилась, и они…

Стоп. Стоп. Стоп, черт возьми!

Эйлис, родная, – говорю себе. Успокойся, – говорю себе. Это называется квантовая запутанность. Мы с тобой связаны психологически, мы с тобой – единая квантовая структура, и не проси, чтобы я это объяснил, может, потом придет Алекс…

Я обрываю себя, понимаю: Алекс уже приходил, приходил прежде меня, он был первым, кто проснулся на «Нике» в этой вселенной, и правильно, так и должно было быть, он понимал, что происходит… Верно, Эйлис? – говорю я. – Алекс уже приходил к тебе?

Эйлис молчит, но я будто сквозь пелену, сквозь ставшие мутными иллюминаторы, сквозь планету с ее каменными штормами вижу комнату с широкими окнами и узнаю: комната для приема посетителей в восьмом корпусе Центра Джонсона, вот кресла, стол, куда обычно ставят напитки. Я здесь… зачем? Не я – Эйлис. И

Штраус здесь, надо же!

Что ты там делаешь, Эйлис? – спрашиваю себя и понимаю. То есть чувствую – и понимаю, насколько чувства могут быть информативны. Информативны чувственно. Я… То есть Эйлис пришла сюда… Нет, Штраус привел сюда Эйлис…

Я, наконец, понимаю, что случай, который сейчас представился, может не повториться никогда. Я понимаю, что Алекс мог уже… Нет, он ничего не сказал, спасибо, Эйлис, а теперь, пожалуйста, позволь мне кое-что объяснить, пусть Штраус послушает. Ты только не нервничай, любимая, просто повторяй за мной. Как синхронный переводчик, да.

Я – Эйлис – бросаю взгляд на электронные часы над дверью и сверяю с часами на пульте.

– День… – говорю я. – Да, пожалуй. Четырнадцать двадцать три мирового времени. Добрый день, доктор. Вы сможете выслушать, запомнить и доложить? А! Кстати! У вас телефон! Как я сразу не подумал? Включите диктофон, пожалуйста…

Комната расплывается, как вода на блюдечке, я не чувствую Эйлис, ее нет, она…

Произошла декогеренция, и связи больше не будет? Никогда! Декогеренция –необратимый процесс, – говорит во мне Алекс. Может, связь пропала окончательно. И мы одни. Во всей этой вселенной.

Алекс произносит слова спокойно, а мне представляется, будто он вбивает текст огромной кувалдой в твердь неба перед иллюминаторами. Звезды вздрагивают, как от ударов.

– Алекс, – говорю я и надеюсь, что он не ощущает панической интонации в моем голосе. – Тебе опять удалось проснуться, когда я еще не ушел? Почему это получается только у тебя?

Я понимаю ответ раньше, чем заканчиваю спрашивать. Мог бы и оборвать фразу на полуслове – Алекс понял бы и ответил так, как действительно ответил:

– Чарли, – говорит он, то есть я говорю себе, разве что с другой интонацией, более спокойной и рассудительной, – мы можем понимать друг друга, потому что общая наша связь – твоя, Алисы и моя, – все-таки не прервалась. И это радует.

– Но Эйлис…

– Слышим, но не видим, да. Алиса отвлеклась, скорее всего. Там что-то сейчас происходит. Декогеренция могла быть частичной? Не знаю, этого никто не знает. Принято считать, что, если запутанная квантовая система сильно взаимодействует с окружающей средой, запутанность разваливается полностью. Так, во всяком случае, происходило при всех экспериментах, – у Эриксона в Танжере, Ямамоты в Токио… Перестань перечислять, я знаю, что ты это знаешь, а мне ни к чему… Эйлис с нами или… Не знаю, Гордон. Ты бы мог называть меня и по имени. Извини, Чарли, я как-то привык. Послушай… Что у тебя все-таки было с Эйлис, ты же не мог… Переспать, ты хочешь спросить? Почему ты думаешь, Гордон… Извини, Чарли, почему ты думаешь, что любовь это непременно секс? Ну, как же… Чарли, любовь – это душевное единство. Господи, Алекс, какое душевное единство? Ты – и Эйлис! Я знаю тебя и знаю ее. Не знаешь, Чарли. Ни ее, ни меня. Ты и себя не знаешь, и я тебя не знаю. Вот как, и ты говоришь о запутанности? Которая и есть любовь? Да пойми ты, наконец: квантовая система запутывается совсем по другим причинам. Не из-за того, что кто-то кого-то хорошо знает или кто-то кому-то нравится физически. Все иначе! Как? Не знаю, Чарли, у меня есть идея, гипотеза, но ты полагаешь, сейчас имеет смысл говорить об этом? Скажи, я хочу знать тоже. Не знать, а предполагать. Хорошо – предполагать. Я хочу понять, как ты с Эйлис… Да ты ревнивец, Чарли, ты Отелло… Ты будешь говорить или нет? А что ты мне сделаешь? Мы сцеплены, мы одно, я могу уйти и оставить тебя тебе, или ты можешь уйти, оставить тебя мне, а скорее всего, сейчас, скоро, вот-вот «проснется» Амартия… Или Джек… А может, Луи… Только не это! Ты прав, но все равно будет так… Хватит! Вот и я говорю… Ты не ответил: спал ты с Эйлис или нет? Господи, нет, конечно, мы и виделись-то пару раз, это было… Не могу описать словами, Чарли, но ты можешь понять без слов, тебе хочется быть с Алисой вдвоем, не впускать меня, и ты не хочешь знать, как возникает любовь. На троих? Может, и на троих. И ты прекрасно понимаешь, какое счастье, какая для нас удача, что мы любим Алису, а Алиса любит нас. О, да, великая удача! Пожалуйста, не иронизируй, Чарли, подумай: сейчас Алиса – единственный канал связи с нашим миром, с людьми, и пока мы трое вместе, канал сохранится, потому что квантовая запутанность не связана с расстоянием в пространстве-времени. И даже если мы… Даже если, Чарли! Все миры, возникшие в Большом взрыве, запутаны друг с другом, потому что в момент образования составляли единую квантовую систему. Не надо лекций, я уже понял! Ну и прекрасно. Я понял, а ты еще нет? Ты должен был понять первым! Что понять, Чарли? Почему прервалась связь с Эйлис… Полагаю, она отвлеклась, там столько всякого… Именно! Эйлис повезли в госпиталь. Повторяю, если ты не понял. Эйлис. Повезли. В госпиталь. Ее могут признать невменяемой. Э… Может быть. Но я думаю… А я – нет. Почему в экспериментах, которые ты пытался перечислить, происходила декогеренция? Это понятно: не удавалось поддерживать изоляцию квантовой системы, но, если ты думаешь, что нашу систему можно разорвать такими слабыми внешними воздействиями, как лекарственная химия… Химия – это квантовые процессы? Хм… Да, конечно. Ну! Что ну? … Алекс, почему ты молчишь? Алекс! Скажи, что я не прав! Скажи, что наша любовь создает прочную систему, и никакая химия… Алекс! Боже, как хочется спать. Не хочу заснуть сейчас. Не хочу. Не буду. Посмотрю в иллюминаторы – Энигма переместилась, мы уходим от нее, впереди звезды… звезды… Где Солнце? Судя по тому, как освещена Энигма, Солнце должно быть… О! Вот оно! Яркий фонарь в ночи. Если это Солнце, оно так далеко… Наверно, расстояние как от Нептуна… Но мы прошли мимо Энигмы, когда «Ника» летела между орбитами Земли и Венеры… Значит… Не могу сообразить, что это значит… Спать… Не хочу… Спать…

***

Вернувшись, вижу в носовом иллюминаторе рыжую, в оспинах и веснушках, поверхность Энигмы. «Ника» движется вокруг планеты на высоте сотни тысяч километров, может, больше.

Энигма – темная планета. Вот она – передо мной. Надо мной. Подо мной. Справа. Слева. «Ника» вращается, и кажется, будто вращается вселенная. Огромный рыжий, в веснушках, мир, вертится вокруг «Ники», будто каменное небо над плоской землей.

Успокойся, – говорю себе.

Послушай, говорю себе. Ты знал, что можешь не вернуться, когда подписывал контракт. «Ника» могла промахнуться мимо цели

– черной, как все полагали тогда, дыры – и ты навсегда остался бы спутником Солнца, одной из малых планет, и это было бы много хуже, потому что ты всю оставшуюся жизнь (Сколько? Месяцев восемь-девять) мог любоваться голубой недостижимой Землей: две яркие звездочки – еще и Луна рядом. Ты мог погибнуть при старте (взрыв топливного бака, например), мог умереть от сильнейшей солнечной вспышки…

Не надо объяснять, говорю себе, я все помню. Тогда что ж ты…

И я понимаю, что разговариваю не с собой, а с Алексом, который тоже проснулся.

Мы попали в другую вселенную, когда включили двигатели коррекции и направили «Нику» в сторону Энигмы. Почему мы не пролетели мимо и не вышли на траекторию возвращения?

Могу только предположить. Наверно, потому что думали, будто Энигма – черная дыра, и, значит, триста километров от ее центра – безопасное расстояние. Пролетели, совершили гравитационный маневр, получили информацию, полетели дальше. А это оказалась планета, и «Ника» влетела внутрь.

Внутрь планеты?

Внутрь *темной* планеты – это важно. Скорее всего, именно из-за этого корабль оказался во вселенной Энигмы. Скорее всего. Не вижу другого объяснения и доказать, что прав, не могу тоже. Мы ничего не знаем о взаимодействии запутанных вселенных. Никто этим не занимался.

Ты.

Я тоже. У меня есть работы по квантовой запутанности, по природе темного вещества, я писал, что темное вещество может быть обычным веществом в другой вселенной…

Только не читай мне лекцию, я все это знаю, ты говорил…

Ну, так что же…

Я не вернусь домой! Никогда!

Успокойся. Чем больше волнуешься, тем больше вероятность уснуть. Придет Джек. Или Амартия. Или Луи. Успокойся. И подумай. Мы с тобой наверняка… почти наверняка… все еще в состоянии квантовой запутаннасти с Алисой.

Эйлис, – поправляю я. – Эйлис.

Алиса, – тянет свое Алекс. – Мы запутаны, это единственная ниточка, связывающая нас и…

Ты говорил, что обе вселенные – единая запутанная квантовая система!

Так оно и есть, скорее всего. То есть даже наверняка. Но я не знаю, что это дает конкретно нам. Тебе. Алисе…

Ты ее любишь.

Да.

А она – тебя.

Чарли, прекрати! Мы трое…

Прости, Алекс, я просто…

Алиса тебя любит. Тебя. А ты любишь ее.

И ты тоже. И она.

Любовь втроем, о, черт…

Я все-таки беру себя в руки. Мне кажется: если я успокоюсь, Алекс уйдет, и я смогу побыть один. Сосредоточиться. Может, услышать Эйлис. Спросить. Сказать. Объясниться. Помочь. Попросить помощи. Что-нибудь.

Алекс не уходит. Обрывки его мыслей носятся в моем подсознании, это мне мешает, но ничего поделать не могу, стараюсь не обращать внимания, но разве заставишь себя не думать о белом слоне?

От Энигмы тем временем остается в небе тонкий кривой огрызок, темная сторона планеты закрывает звезды и все равно видна слабой – на пределе различимости – подсветкой, будто атмосфера отдает энергию в пространство, и, если вглядеться…

Не хочу вглядываться. Смотрю на пульт: иконки, датчики, мониторы. Надо записать в журнал, чтобы, когда проснется кто-то… Потом.

Закрываю глаза, сосредотачиваюсь. Алекс тоже сосредоточен, я почему-то знаю, чувствую, мы теперь вместе, вдвоем, двое-в-одном. Берите по цене одного.

Эйлис, зову я. Алиса, зовет Алекс.

Шум в ушах. Пустота в голове.

Больше ничего не будет. Произошла декогеренция, и мы никогда…

Спокойно. Прости, Алекс, я опять сорвался. Помоги мне. Нам.

Эйлис…

Мне кажется, я слышу ее, но это, скорее всего, плод фантазии. Звуковой фантом. Нераспознаваемый шепот.

И ощущение, будто темнота за иллюминаторами вползает в кабину. Ощущение, будто слепну. Иконки на экране вздрагивают и покрываются серым налетом, черные пятна возникают на стенах кабины, будто дыры в пространство, но воздух не уходит, я не слышу характерного свиста, и дышать, как прежде, легко, чернота – только в моем восприятии. Хочу спросить Алекса, видит ли он то же самое, понимаю, что вопрос не имеет смысла. Конечно, видит моими глазами, его ощущения – мои. Это так, подтверждает он. То есть я – себе. Или он. Неважно.

Что происходит? – спрашиваю я. Не знаю. Возможно, в этой

вселенной другие законы физики – оптики, в частности. Глупости, – отвечаю себе. Если бы здесь физические законы хоть на самую малость отличались от «наших», мы… то есть я… уже был бы мертв. Биология человека очень тонко подстроена под существующие законы физики, это давняя проблема, о которой я ничего не знал, да ладно, Чарли, ты просто не интересовался, но не мог не слышать, об антропном принципе не болтал по телевидению разве только ленивый футбольный комментатор, да, вспоминаю, утешил, но, боже ты мой, чернота расползается, не вижу не только иллюминаторы, не только почти всю левую (от меня) стену со ста семьюдесятью цветовыми датчиками, не только дисплей с иконками, Алекс, ты тоже… то есть я… не вижу левую ногу ниже колена, темнота, но я ее по-прежнему чувствую, и я по-прежнему все слышу, хватит, говорит Алекс, я слышу больше, чем все, о чем ты говоришь, вот странно, Чарли, у нас на двоих пара ушей, и один мозг обрабатывает информацию, в частности, слуховую, но почему ты не слышишь то, что слышу я?

Тихий разговор? Очень далеко. Мужчина и женщина. Говорят по-английски, слишком тихо, чтобы различать слова, но достаточно громко, чтобы отличить английский от французского, русского, хинди… Помолчи, Чарли, успокойся.

Молчу. То есть стараюсь не думать, хотя это невозможно, в сознании вертится мелодия песенки, которую я прекрасно знаю, но не могу узнать. Она как рефрен, как фон, без которого мир, восприятие звука не существуют. Звуковой вакуум наполнен виртуальной музыкой так же, как обычный вакуум – виртуальными частицами. Это моя мысль или Алекса? В звуковом вакууме я, наконец, различаю слова:

– …сначала… есть опреде… невозможно без… – говорит женщина.

– …достаточно типич… заразна?.. глупости… – мужчина.

Кажется, я узнаю голоса.

Момент узнавания, видимо, склеивает что-то в пространстве-времени, нет, Чарли, это слишком простой ответ, склейка миров – правильнее, и только потому, что мы по-прежнему представляем собой запутанную квантовую систему, а проще ты не можешь сказать, не могу, могу сложнее, и помолчи, наконец, молчу, но я ослеп, я ослеп, Алекс, молчи, Чарли, пожалуйста, молчи…

Боже…

Я сижу на стуле в комнате с большим окном, выходящим на двор кампуса Швейцера. Здание невозможно не узнать – поставленная вершиной вниз пирамида, административный корпус Центра имени Джонсона. Все так ярко – после темноты, растекшейся в глазах, все так ощутимо реально: знакомые подъездные дорожки, въезд на подземную стоянку, надпись «бесплатно с 19 до 09», аллея туй, красные цветы на рыжих кустиках в яркой, почему-то с голубым отливом, траве. Двое продолжают говорить, будто меня здесь нет, перевожу взгляд…

Я сижу на стуле, а напротив, на диванчике, под большим портретом Армстронга в скафандре (шлем он держит в правой руке, редкая фотография, и я даже вспоминаю, в какой комнате здания клиники она висит) – Штраус (закинув ногу на ногу) и доктор Чжао Ланьин (напряженная, на меня не смотрит, хотя – чувствую – старается боковым зрением не упустить ни одного моего движения).

Ты понял? Ты понял, Чарли?

Помолчи теперь ты, Алекс.

Хорошо.

Эйлис, родная, милая, любимая, я… мы… с тобой.

Я знала, что ты вернешься, Мне плохо одной… Успокойся, Эйлис… Я… Успокойся. Зачем они привели тебя сюда, это ведь корпус клиники, да, это… они думают, я сошла с ума, эта женщина… Доктор Чжао? Да, она говорит, у меня купальци… купа… Неважно, Эйлис. А что Штраус? Говорит, что у меня расстройство идентичности, я помню, потому что ты… у тебя… то есть тебе… да, понятно, Эйлис. А где физик? Ковнер? Да, он может понять… Его нет, ушел. Понятно, Эйлис. Давай я буду говорить, хорошо? Да, Алекс. Чарли, ты не должен ревновать, я хочу сказать, что… Я знаю, милая, я не ревную, успокойся. Алекс попробует еще раз объяснить…

— Можно мне сказать, доктор Штраус?

— Конечно, миссис Гордон, мы здесь, чтобы вам помочь. Сейчас придет профессор Штайнер…

Это еще кто? Не знаю такого, в программе профессор Штайнер, кем бы они ни был, не участвует. Вероятно, светило психиатрии, срочно вызвали, но ты ведь не собираешься ждать, Чарли, помолчи, дай мне… Конечно, Алекс. Молчу.

— То, что сейчас происходит, господа, может оказаться самым важным моментом в истории человеческой цивилизации.

А ты мог бы говорить не так велеречиво? Молчи, Чарли! Я молчу, но… Вот и молчи. Они должны понять, что к словам Алисы нужно отнестись серьезно. Алекс, посмотри на них, это светила психиатрии. Психиатрии, а не физики. Алекс, Чарли, не спорьте, мальчики, или я действительно сойду с ума!

— Миссис Гордон, — мягко, с участием, произнес Штраус. — Экспедиция, в которой участвовал ваш муж, была, вы правы, одним из самых важных предприятий в истории.

– Была? – едва не зашлась в крике Эйлис. – Вы сказали: была?!

– Дорогая мисс Гордон…

Алиса, дай мне сказать. Разве я тебе мешаю, Алекс, любимый?

Господи…

Не обижайся, Чарли, тебя я тоже люблю, я твоя жена. Алекс, я молчу, то есть говори ты, пожалуйста.

– Не могли бы вы позвать доктора Ковнера? Он специалист именно в той области физики, которая нужна, он правильно поймет то, что я хочу сказать.

– Дорогая миссис Гордон, – наклонился вперед Штраус, заглядывая Эйлис в глаза. Взгляд был профессиональным, умным, добрым, готовым помочь, объяснить – взгляд удава, и Эйлис закрыла глаза, в мельтешении золотисто-зеленых колец и кругов она, как ей казалось, могла разглядеть лица своих любимых – Алекса и Чарли, она даже мысленно старалась думать о них одновременно, чтобы не давать никому преимущества, повода для ревности, я люблю вас обоих, не ссорьтесь, пожалуйста…

– Доктор Ковнер придет и выслушает, – внушительным тоном продолжал Штраус. – Потом, когда с вами побеседует профессор Штайнер. Скоро, минут через десять-пятнадцать.

– Профессор Штайнер – физик? – уточнил Алекс.

– Нет, но он умеет понимать и помогать.

– Понятно.

Кто из них пробормотал это? Штайнер – еще одно светило психиатрии? Бесполезно объяснять им принципы межмировых квантовых связей и запутанностей. Времени терять тоже нельзя. В любое мгновение может проснуться Луи или Джек, или Амартия. Эйлис для них не существует. И может произойти декогеренция.

Чарли, мне кажется, я засыпаю. Пожалуйста, Алекс, я не смогу ничего объяснить, если они позовут Ковнера, не уходи, Алекс, не… Боже…

Эйлис встала. Она не хотела ничего плохого. Алекс ушел, она осталась вдвоем с Чарли, как четыре года назад, когда они прятались в Централ-парке от ливня под одним зонтом, и зонт прикрывал их не только от дождя, но от всего мира, им было хорошо, как никогда потом, она часто думала об этом и не могла себе объяснить, ведь потом было много замечательного, прекрасного, они любили, они были вместе, потом расстались, опять встретились и больше не расставались, но все равно – те полчаса под зонтом… что это было?

Эйлис сделала два шага. Она не хотела ничего плохого. Только объяснить, как счастлива с Чарли, – да, сейчас, пусть это покажется им странным, счастлива, потому что они под одним зонтом, укрыты от дождя и от всех людей, никто им не нужен, никто, никто, и это истинная любовь, когда только двое… и еще Алекс, да, он тоже должен быть с ними, а он ушел, уснул…

Эйлис сделала два шага и подняла руки. Она не хотела ничего плохого. Только повторить слова Алекса, она их прекрасно запомнила. Более того – странно, но сейчас она все понимала и могла бы рассказать про квантовую запутанность так, чтобы эти двое поняли, и чтобы они поняли еще, что Чарли жив, а значит, жив и Алекс. И Джек. И Амартия. И Луи. И даже то, что они сейчас – не там, в мозгу Чарли, а здесь, на Земле, – лежат в коме, она могла объяснить тоже, потому что знание Алекса стало теперь и ее знанием, она объяснит, и ее поймут.

Эйлис подошла вплотную к этой женщине, доктору Чжао

Ланьин. Она не хотела ничего плохого. Только…

Не успела. Эйлис услышала крик Чарли. Она увидела Чарли. Он стоял рядом и хотел помочь. Боже, какой он красивый. Под большим черным зонтом. Огромным черным зонтом, под которым мог укрыться мир. Весь мир. Весь.

Пожалуйста! – закричал Чарли. – Пожалуйста, Эйлис…

Я не хотела сделать ничего плохого, – успела объяснить она.

Мир укрылся под черным зонтом и превратился в ничто.

4 ЭКИПАЖ

Чедвик проснулся и первым делом проверил показания датчиков, помня, какими тревожными были числа, когда он погрузился в сон. С ощущением наступившего если не спокойствия, то определенной душевной расслабленности, он коснулся пальцем иконки «продолжить», отчего на рабочей панели цвет восемнадцати индексов изменился от желтого цвета ожидания к успокаивающему зеленому.

Убедившись, что непосредственная опасность «Нике» не угрожает, Чедвик поднял взгляд и увидел в носовом иллюминаторе черное звездное небо, в левом почему-то маленькое (на взгляд примерно вдвое меньше полной луны), но ослепляющее солнце. Ему показалось (можно ли, однако, доверять ощущениям?), что выглядит солнце необычно. Нет, не угловые размеры, что-то еще… Впрочем, после сна все представляется не очень знакомым, он привык за недели полета. Солнце как солнце. Слепит.

В правом иллюминаторе не было видно ничего. Ни планет, ни звезд. Будто черная стена между «Никой» и космосом. Неприятное ощущение, но ощущениям Чедвик не доверял, и рациональное объяснение не замедлило появиться: скорее всего, это ночная сторона Энигмы – когда Чедвик засыпал в последний раз, планета выглядела тонким серпом, истончавшимся с каждой минутой. Значит, теперь…

Стоп. Несуразность картинки дошла, наконец, до его сознания и вызвала неприятный холодок между лопаток. Солнце слева – значит, планета справа должна быть освещена полностью. Не может быть ночи на дневной стороне, верно? Тогда что… Как это возможно?

Чедвик еще раз прошелся взглядом по огонькам датчиков, числам на дисплеях, тексту на экране. Порядок. Порядок. Порядок. Ах, да…

Он облегченно вздохнул, поняв, что ни природа с ума не сошла, ни он. Внимательнее надо быть, хотя сразу после пробуждения трудно сосредоточиться. Правый иллюминатор попросту закрыт заглушкой – вот ведь смешно на самом деле. Кому пришло в голову закрывать наружную картинку? Наверно, Алексу, он уже делал это в самом начале полета, когда Земля еще не превратилась в яркую звездочку. Почему он так поступал, Чедвик не очень понимал, поскольку Алекс не оставил в дневнике объяснений. Может, вид планеты мешал теоретику думать? Неважно. Чедвик сдвинул заглушку, еще один индикатор вспыхнул зеленым, а в правый иллюминатор вползла рыжая, в веснушках, тарелка, похожая (странные сравнения приходят в голову!) на кошачью морду. Энигма. Надо придумать иное название, оставив старое для несуществующей черной дыры.

На собственную фантазию Чедвик не рассчитывал. Фантазий он не любил. Его и в экипаж включили потому, что трезвый реализм и блестящее знание конструкции «Ники» сделали его незаменимым.

Что же показалось, когда он взглянул на солнце? Солнце как солнце, и все же…

Неважно. Корабль в порядке, это главное.

Чедвик прочитал текст на дневниковом дисплее и подумал, что Панягин — самый ненадежный элемент в экипаже. Чедвик полагал, что астрофизик в экипаже — дань скорее традиции, чем реальной необходимости. В космосе прекрасно работали автоматы, исследовавшие планеты и их спутники, кометы и астероиды. Чтобы получить научную информацию, живой человек не нужен — автоматика справляется лучше. Для чего на «Нике» специалист по квантовой космологии и астрофизике, если наблюдать черную дыру в процессе пролета можно будет только пару минут? От Панягина никакого проку не было за все время полета. В дневнике он оставлял соображения о природе квантовых процессов, к полету «Ники» отношения не имевших, и хорошо, что не прикасался к пультам — видимо, получил на этот счет твердые указания.

Думая о Панягине, Чедвик закончил обзор систем (все в норме) и сосредоточился на траекторных показателях. «Ника», похоже, совершила гравитационный маневр около Энигмы, но специалистом в навигации Чедвик не был и позвал Амартию, понимая, конечно, что вместе с ним проснется Луи. В последнее время они обычно просыпались вдвоем, и Чедвик ничего не мог с этим поделать. Луи не мешал, это главное. А поговорить с ним было интересно. Необычно, конечно, – будто разговариваешь с собой, не умея порой отличить собственную мысль от мысли собеседника. В молодости Чедвик любил играть сам с собой в шахматы и натренировался так, что перестал выигрывать – ни за белых не получалось, ни за черных. Игра не стала менее интересной, скорее наоборот, но спортивный азарт исчез, и Чедвик к игре охладел. Вообще к играм, как ни странно.

Разбудить Сена не так просто. В первый раз, когда Чедвик подумал, что хорошо бы посоветоваться с навигатором, Амартия проснулся сам. Возник в мыслях, как лисенок в курятнике – таким было ощущение: будто кто-то пытается кусаться и толкаться. Неприятно, но Чедвик осадил Амартию, сразу его узнав, а тот не думал проявлять агрессию: проснулся, чтобы помочь. Почувствовал – так он сказал, – что Чедвик сам не справится. И почти сразу проснулся Луи.

«Пожалуйста, – подумал Чедвик, – Луи, не делай лишних движений!»

Такое уже было – с появлением Луи у Гордона начинали мелко дрожать пальцы на обеих руках. Остановить тремор было невозможно – все трое пытались, но получалось только хуже, через минуту сотрясалось, будто в конвульсиях, все тело. Кто-то должен был уйти, кто-то, чье присутствие вызывало в мозгу Гордона спонтанную непросчитанную психологами реакцию. Но Луи был биологом и врачом – по идее, только он и мог понять происходившее. Работать, когда тело трясется, будто в эпилептическом припадке, было невозможно. Даже думать, говорить друг с другом толком не получалось.

Третий – лишний?

На тренировках ничего похожего не происходило. Полет и разрешили только после того, как медики пришли к единодушному выводу: субличности равновесны, смена сознаний не приводит к сбоям в динамике системы, никаких неконтролируемых движений или реакций организма не возникало. Во время тренировок субличности сменяли друг друга спонтанно, никогда не являлись вдвоем или, тем более, втроем. Почему же сейчас субличности преодолели барьер, который доктор Штраус называл «стенами вашей общей квартиры, где нет дверей между комнатами»?

Никто не предполагал, что управлять телом будет больше одной субличности, а тот единственный раз – при пролете мимо Энигмы, – когда запрограммировано было общее совещание, реакции тела многократно просчитывали на моделях, испытывали на реальных «больных» диссоциативным расстройством идентичности.

«Хорошо, – сказал Луи, – я осторожно».

Все трое молчали. Держали мысли при себе, но каждый знал, что здесь еще двое. Ощущение присутствия, знакомое каждому из обыденной жизни: когда ты вроде бы один в пустой комнате, но чувствуешь – нет, твердо уверен: рядом кто-то невидимый. Ни дыхания, ни тени, но – да, здесь.

Пальцы перестали дрожать, ладони смирно лежали на клавишах, отключенных сейчас от системы – можно было нажимать сколько угодно, хоть джигу играть. Чедвик поднял правую руку, Луи – левую, Амартия наблюдал из своего угла, он ощущал обе руки как свои, и ему странно было видеть, как пальцы двигаются будто сами по себе.

«Поговорим, – сказал, наконец, Чедвик. – Если опять начнется тремор, двое уходят сразу. Луи и Амартия».

«Принято», – произнесли оба, и пальцы вздрогнули. Все трое почувствовали, как зачесалось за левым ухом, Луи поднял руку и почесал, облегчение испытали все.

«У меня ощущение, – сказал Луи, – будто за мной наблюдает мой… мм… двойник. То есть я сам будто смотрю на себя со стороны. Раньше такого не было».

«Да, – подтвердил Амартия, – у меня тоже. Приятное чувство внутренней стабильности».

«Если бы это было физически возможно, – сказал Луи, – я решил бы, что со мной мысленно присутствует… присутствую я сам. Оставшийся на Земле».

«Я об этом подумал, – признался Амартия. – Но это невозможно, верно?»

«Невозможно, – согласился Луи. – Телепатии не существует. Видимо, мы наблюдаем фантомное удвоение мозговых сигналов. Почему именно здесь и сейчас… Не знаю. Если никто не против, можно провести кое-какие тесты».

«Потом, – вмешался Чедвик. – Давайте о главном. Где мы, куда движемся. И звезда… Это не Солнце, или я ошибаюсь?»

Чедвик заговорил вслух, вспоминая и мысленно выстраивая произошедшие события и произведенные действия. Мелькнула мысль: вспоминают ли Амартия и Луи то же самое? Мы смотрим глазами, но видим то, что показывает мозг после обработки и интерпретации. После вычленения лишнего, отсечения непонятного, добавления чего-то из памяти и чего-то из воображаемого. Глаза Гордона посылали в мозг одну и ту же информацию, и все равно каждая субличность могла видеть мир иначе, по-своему. Даже цифры и иконки. Другие цифры и другие иконки? На тренировках об этом речь не заходила, а спросить Чедвику не пришло в голову. В конце концов, он был специалистом по космическим аппаратам, а не психологом.

«Когда мы проходили мимо Энигмы, резко – практически мгновенно – гравитационное поле изменилось, перестав быть точечным. Для таких измерений аппаратура не приспособлена. Распределенное гравитационное поле наблюдают только при очень близком сближении с протяженным массивным телом. Так проводят гравиметрические исследования Земли со спутников. В общем…»

«Точка превратилась в планету», – не удержался Луи.

«Да… – протянул Чедвик. – "Ника" двигалась так, что должна была столкнуться с поверхностью. А прежде, возможно, влететь в атмосферу, о плотности которой не было никаких данных. Автоматика нас спасала и губила одновременно».

«Спасала и губила».

Кто это сказал? Амартия или Луи? Чужая мысль была подобна слабому дуновению ветерка.

«То есть, – мысль Амартии, – изменилось пространство, я верно понимаю? Черная дыра… ээ… превратилась в обычную планету? Такое вообще возможно? Ты можешь сказать: эта планета – здесь, или мы – там?»

Сформулировано предельно неточно, но предельно понятно.

«Вот что я скажу. Хотим мы того или нет, но мы – там. Эта звезда – не Солнце. Оценить расстояние невозможно, не зная линейного радиуса звезды, а размеры можно определить по спектральному типу, который я не знаю, а спросить не у кого. Хьюстон молчит, Алекс – тоже. В астрофизике никто нз нас толком не разбирается. По-моему, мы значительно дальше от этой звезды, чем были от Солнца, когда пролетали мимо Энигмы. Алекс сказал бы точнее, он умеет на глаз определять спектральный класс звезды. Мы как-то соревновались, это было ночью в Хьюстоне суток за трое до старта «Ники», мы были в саду перед зданием Института, я лежал на траве, Алекс сидел в своем кресле. Смотрели в небо, и он называл спектральный класс любой звезды, на которую я указывал пальцем. Он сразу бы сказал…»

«Джек, – сказал Амартия, – откуда ты знаешь, что смотрел на звезды с Алексом? Откуда ты можешь это знать, если это было, как ты сказал, за трое суток до старта?»

«Черт!»

Чедвик попытался закрыть глаза, чтобы сделать воспоминание более четким, но Амартия с Луи не поняли его желания, и Гордон быстро заморгал, но, видимо, разделенный на три бодрствовавших субличности мозг не руководил двигательными функциями. Возник легкий тремор в кончиках пальцев, непроизвольно дернулась щека, а глаза больше не моргали, смотрели в левый иллюминатор, где, прикрытая от прямого взгляда светофильтром, светила звезда… Не Солнце?

«Черт…» – повторил Чедвик, отцепляя воспоминание о вечере в парке от того, что действительно помнил. Он не мог помнить тот вечер, потому что за трое суток до старта уже был субличностью Гордона. «Встраивание» произошло, Гордон проходил предполетные тренировки. А он, Чедвик, «спал» и до старта просыпался только дважды, каждый раз поражаясь изменению обстановки – только что был в кабинете доктора Штрауса и вдруг – в симуляционной кабине.

«Я не могу помнить…»

«Но вспомнил».

«Это ложная память», – подумал Чедвик.

«Нет, – говорит Луи. – Поверь, я в этом разбираюсь».

«Но…»

«Значит, – заключает Луи, – есть связь. Связь, понимаешь? С Джеком, оставшимся на Земле».

«Это память, – настаивает Чедвик. – То, что я вспомнил, происходило с моим… со мной, да… но до старта. Возможно, каким-то образом…»

«Каким?»

Он не знает.

«Мы в другой вселенной», – говорит Луи. Он не может подавить мысль Чедвика, и они говорят вместе, еще и Амартия вставляет свое:

«Вселенная одна, – сообщает он непреложную для него истину. – И в другом месте Солнечной системы мы не могли оказаться, если отработали только двигатели коррекции, и импульс, полученный "Никой", не способен был серьезно затормозить корабль. Или ускорить. Или хотя бы градусов на десять изменить наклон орбиты по отношению к эклиптике».

Амартия говорит, глядя в иллюминатор на звезду… Солнце?.. Почти белое… Впрочем, главное – не цвет, цвет можно изменить светофильтром, но вот это… Два огромных, почти треть звездного круга, темных пятна, похожие на распластанных осьминогов, кончики щупалец шевелятся, и это почему-то пугает больше, чем рыжая планета в противоположном иллюминаторе.

Чедвик обрывает обоих:

«Перестаньте! Постарайтесь не думать. Пожалуйста. Мне сейчас показалось… Это не память, Луи. Закройте глаза и сосредоточьтесь. То есть… Нет!»

Крикнуть «нет!» легче, чем остановить движение век, начатое почти одновременно тремя независимыми сигналами мозга. Каждая из субличностей «закрыла глаза», но мозг отреагировал быстрее, чем они осознали, что собираются сделать. Веки затрепетали быстро-быстро, будто крылышки колибри, и это было страшно, потому что одновременно начались тремор в пальцах рук и дрожь в ногах. Ощущение (у всех!) было таким, будто тело попыталось пуститься в пляс, сидя в кресле. Три разума, три подсознания расшатывали и без того находившуюся на грани возможностей систему, а страх, который никто уже не мог контролировать, поразил каждого, и будто черным ластиком начала стираться реальность, обращая страх в ужас. Последняя осознанная мысль Чедвика: из-за его глупого призыва закрыть глаза они сейчас погибнут, он погибнет, а потом погибнет «Ника». Мысль промелькнула мгновенно, чернота стерла сознание, секундой дольше просуществовали сознания Амартии и Луи, успев воспринять, но не понять три крика – не своих, а чьих же? Своих, конечно. Нет…

Пришел сон, подобный смерти.

5 ГОРДОН

Я проснулся, будто ракетой вылетел из-под воды, где все зыбко, непрозрачно, бессмысленно, в яркий мир, освещенный белым солнечным светом. Я был один. Понял сразу и подумал: «Как хорошо!»

Почему-то болело везде. Болела голова – не затылок, как если бы поднялось давление, но над лбом и в висках. Болели глаза – точнее, надбровные дуги. Я поднял руки (пальцы дрожали) и потер глаза кулаками, как в детстве, когда просыпался, не понимая, где я, и тер глаза кулачками, чтобы, как мне казалось, лучше рассмотреть место, в котором оказался, выброшенный из сна, еще существовавшего в половинчатой реальности, но уже уплывавшего, вот уже и уплывшего...

Болели ноги в коленях, будто я совершил сотню приседаний, а колотившееся сердце это подтверждало.

Неприятно. Чем он занимался – тот, кто сейчас заснул? Кто это был?

Несколько минут (а может, мгновений?) прихожу в себя, повторяю: «все хорошо, все нормально». Вижу, что все действительно нормально: на медицинской панели сплошной зеленый цвет, лишь две узкие желтые линии – повышенный сердечный ритм (будто я сам не чувствую!) и пониженная (вот те раз!) температура тела: тридцать пять и девять. Упадок сил? Не ощущаю.

Зеленый цвет успокаивает. Голова перестает болеть, но становится тяжелой – в невесомости ощущение странное. Давление? В норме: сто двадцать пять на семьдесят. Психология, в общем. Что-то только что натворил Джек. Или Амартия? А может, Луи? Натворил и заснул – возможно, испугавшись того, что сделал.

А что сделал-то?

Приподнимаюсь в кресле и осматриваюсь. Аппаратура и экран дневника. Системы «Ники» в норме. Смотрю на экран – где запись того, кто сейчас заснул? Вижу разрыв во времени: предыдущая запись – моя. И лакуна в двести восемь минут.

Что-то произошло, пока я спал.

Опускаюсь в кресло, расслабленно дышу, привыкаю. В носовом иллюминаторе медленно вращается звездное небо. Звезды меня успокаивали всегда. В детстве, помню, разругавшись с отцом или после драки с Мэтью, я взбирался на холм – всего-то метров пятьсот надо было пробежать в сторону озера – и валился в траву, будто в океанскую волну, поворачивался на спину, и вот они, звезды, смотрят на меня, изучают, моргая от напряжения. Звезды меня изучали, а я ими только любовался, не в состоянии запомнить ни одного созвездия, путая Большую медведицу с Малой, а Кассиопею с Орионом, хотя они совсем не похожи.

Звезды в носовом иллюминаторе – другие. Не потому, что не мерцают, они просто другие, и я не знаю, почему в этом уверен.

Другие звезды. Другое солнце. Другая планета – я ее не вижу ни в одном из иллюминаторов, но знаю, что она никуда не делась, да вот же, совсем рядом с солнцем, черный беззвездный круг, едва-едва все же светящийся – скорее всего, атмосфера отдает в космос накопившееся тепло. А может, и не так. Может, какие-то химические процессы в атмосфере…

Другая планета. Другой мир.

Хочу спросить у Алекса, но он спит, и я не знаю способа его разбудить. Если верить Штраусу, такого способа не существует, но здесь и сейчас все иначе. Алекс просыпался сам и входил в сознание, как входит в чужую комнату незваный гость, воображая, что это его квартира, его стол, его кресло, его диван, и хозяин непременно обрадуется его присутствию. Я действительно готов был сейчас обрадоваться, мне было неуютно одному в чужом космосе. Но Алекс и Эйлис… Да, Господи, пусть. Я теперь понимаю, что ничего между ними не было, даже поцелуев, они просто полюбили друг друга, и я представляю, как это могло произойти: совпадение двух направлений в жизни, духовная – или правильнее сказать: душевная – привязанность, которую Алекс назвал квантовой запутанностью, а я даже понял, что это означает физически, и вспомнил Эйлис, Штрауса и доктора Чжао, вспомнил и подумал, что без Алекса у меня не получится ничего, я не смогу… Моя духовная… душевная связь с Эйлис ничего не стоит по сравнению… Опять ревную?

Закрываю глаза, отгораживаюсь от звезд, солнца, Энигмы, «Ники», пульта, стен, кресла – от всего внешнего. Хочу в свой мир, не в тот, где Земля и мыс Канаверал, и не в тот, где рыжая планета в веснушках. Хочу в мир, где мы с Эйлис вдвоем. Мы уже бывали в нашем мире, мы бывали в нем почти каждую ночь, проведенную вместе. Все исчезало: комната, мебель, шум за окном, небо, которое мы не видели, но которое все равно смотрело на нас, как сейчас на меня.

Глаза у меня закрыты, в поле зрения вертятся розовые, зеленые, сиреневые, опаловые, бурые, лимонные окружности, переплетаются, сливаются и растворяются, как краски на холсте, рождая изображение, будто из яви я упал в сон, но я не хочу спать, уходить сейчас.

Я не ухожу. «Чарли, – тихо плачет Эйлис на моем плече, – где ты был так долго, родной?» «Я здесь, – думаю я. – Но не знаю, смогу ли без Алекса… Что с тобой, Эйлис, расска…»

Мысль прерывается, потому что я вспоминаю. Память всегда отзывается неожиданно – не с начала или с конца, а посередине длинной и невнятной дороги, будто возникает знак объезда, приходится сворачивать, и почему-то вспоминаешь не то, что нужно, а то, что, может быть, и важно, но сейчас без надобности. Вспоминаю, как мы с Чарли ездили с Йосемитский парк на третий или четвертый месяц после знакомства, мы уже жили вместе… или еще нет… да, жили, и Чарли повез меня в Йосемит показать гейзеры, которые делали «пуфф» со страшным неожиданным свистом, я хохотала, чтобы Чарли не обижался, мне эти пукалки были ну совсем до фонаря, хотелось тишины, тихой семейной радости, но Чарли горел этой поездкой…

Вот как… А я-то думал, что тебе было хорошо, ты так заразительно смеялась, и я с тобой, не понимая над чем, но это было неважно.

Эй! О чем ты, Эйлис? Ты слышишь меня? Да, да, да, почему тебя так долго не было, мне плохо, Чарли, забери меня отсюда. Эйлис, я ничего не вижу, я сплю, Чарли, и ты мне снишься, ты не спишь, перестань, да, я не сплю, но, если я открою глаза, Чарли, ты уйдешь, нет, Эйлис, пожалуйста, где ты, что с тобой, я вспоминаю твои воспоминания, но не чувствую твои мысли, ну как же, мы разговариваем, я думаю о тебе, ты думаешь обо мне, мы чувствуем друг друга, как это хорошо, будто мы вместе, не уходи. Эйлис, позволь мне… да, да… как хочется спать… это уже сон, да, Чарли?

Ушла. Я один. Там и здесь. Здесь – где? На «Нике» или на Земле? В какой из вселенных?

Боюсь. Честно признаюсь себе, что боюсь открыть глаза. Боюсь увидеть носовой иллюминатор, и боюсь увидеть что-то, о чем ничего не знаю. Мириться лучше со знакомым злом, чем бегством к незнакомому стремиться… Это еще что? Шекспир, да. Никогда не читал Шекспира, видел пару экранизаций, одну с Оливье, не помню названия. Опять не моя память? Эйлис…

Прекрати. Странно говорить с собой и приказывать себе, будто подчиненному.

Ну же…

Открываю глаза. Ничего особенного. Комната – белые стены, окно и напротив темное здание в большими окнами, вижу только верхние этажи, нужно бы подняться, посмотреть, я помню это здание, но не могу вспомнить… Нужно подняться, но мне хорошо. Приподнимаюсь на локте, и сразу открывается дверь, которую я раньше не заметил, входит старый мой знакомый Штраус, а за ним щуплый старичок с эйнштейновской седой шевелюрой и выставленным вперед подбородком – будто форштевень у броненосца начала двадцатого века. Штраус подходит ко мне, а старичок перемещается к окну и разглядывает меня оттуда.

Я сажусь – оказывается, это кушетка, как в кабинете психоаналитика. А это… Кажется, узнаю, видел на какой-то фотографии в каком-то из кабинетов в каком-то здании Джонсоновского центра.

– Штраус, – говорю я, – куда вы ее привели? Зачем?

– Ее? – поднимает брови Штраус, а старичок кивает мне ободряюще и приветливо.

– Эйлис, – говорю я раздраженно. Надо сдержаться, но меня распирает. – Вы так и не поняли, что речь о квантовой запутанности, а не о расстройстве идентичности?

– Это, в сущности, неважно, верно?

– Дайте мне поговорить с физиками! А еще лучше – дайте поговорить с физиками Алексею Панягину, он объяснит гораздо лучше меня.

– Скажите ей, – тихо произносит старичок у окна, и я понимаю, что главный здесь – он, а Штраус, при всех его амбициях, вынужден подчиниться. «Скажите ей», и Штраус, вздохнув, говорит:

– Дорогая Эйлис…

– Мое имя Чарльз Гордон, я командир «Ники».

Старичок у окна впивается в меня взглядом, как охотник, прицелившийся в медведя.

– К сожалению, – говорит Штраус, – доктор Панягин не может нам ничего объяснить, поскольку находится в глубокой коме, как и трое других доноров.

– Вот как, – говорю я, начиная понимать, но еще не понимая, что именно понял. Кома… Почему кома? Спроси: «когда?» Когда – что? Когда они впали в кому, – раздраженно думает что-то во мне, и я спрашиваю:

– Когда?

– Что – когда? – предсказуемо задает встречный вопрос Штраус.

– Когда Панягин, Чедвик, Неель и Сен впали в кому? Одновременно или…

– Одновременно, – подает голос старичок у окна, и я узнаю его – не по внешности, хотя и внешность мне прекрасно знакома, а по голосу, который слышал много раз. Этот человек бывал у нас на тренировках, не моих, мне его знания были ни к чему, он учил Панягина и немного – Чедвика. Профессор Вингейт. Известный физик-теоретик, космолог, а уж про квантовую физику он, наверно, знает абсолютно все. Хорошо.

– Одновременно с чем?

– Одновременно с моментом, когда обрубилась телеметрия с «Ники», – поясняет Вингейт и выпячивает губу: знакомый жест, я уже видел, как профессор выпячивал губу, отвечая на вопрос, который считал идиотским. – Проблема в том, что все четверо потеряли сознание без видимых причин, но сигнал с «Ники» – это уже потом сопоставили – продолжал поступать еще две минуты. Как вы знаете (произнес он, будто говорил с дебилом, не знакомым с понятием одновременности), именно столько времени сигнал шел с «Ники» до Земли. То есть (я уже понял, о чем он, а он думает, что до Эйлис еще не дошло) они потеряли сознание, когда в «Нику» в ее собственной системе отсчета врезалась экзосфера черной дыры. Это – проблема, поскольку сигнал не может распространяться быстрее света.

– Вот именно, – перебиваю я, вспоминая все, о чем мы говорили с Алексом. – Поэтому речь идет не о передаче сигнала, а о квантовой запутанности экипажа «Ники» – живых людей и субличностей. Всех. Не только... – Мне не хочется говорить, что мы с Алексом любим одну женщину, а она любит обоих, и мы сначала думали, что именно любовь запутала наши квантовые системы. А оказывается...

– Значит... – говорю я, опуская свои соображения по поводу квантовой запутанности, пусть Алекс соображает, но я бы не хотел, чтобы он сейчас сменил меня, я бы не хотел, я бы... Стоп.

– Значит, – начинаю я с начала, заставив себя не думать ни о чем больше, – я могу общаться с донорами, это хорошо. Видимо, это уже происходит, просто мы на «Нике» еще не осознали.

Думаю, Алекс осознал, но зачем ему делиться со мной?

Я в недоумении. Что сказать? Я многое сказал бы Эйлис, но ее нет, и я – вот парадокс! – не имею представления, о чем она думает сейчас. И думает ли. Скорее всего, «спит». Становится страшно: что, если я уйду, а Эйлис не проснется? Впадет в кому, как все они? На секунду мелькает мысль, что тогда и я… мы… навсегда окажусь отрезанным от Земли. Никогда не увижу… никогда.

Что говорит Вингейт? Он что-то говорит, губы шевелятся, он так пристально на меня смотрит, будто хочет разглядеть мои мысли…

– …и я с интересом послушаю ваши соображения относительно квантовой декогеренции в сложных запутанных системах, – с выражением удовлетворения на лице заканчивает фразу Вингейт, и я вижу, как он доволен: поставил на место этого… ну, того, кто в подсознании Эйлис воображает, будто что-то понимает в квантовой физике. Это ведь всего лишь расстройство идентичности, в данном случае расщепление сознания на две субличности. Мужская, выдающая себя то за Гордона, то за Панягина, – результат сильнейшего стресса и общения с двумя членами экипажа. Необычно, конечно: миссис Гордон оказалась подвержена тому же расстройству, только не искусственно навязанному, а природному.

Интересно, как это Вингейту объяснил Штраус. Должен же он был как-то объяснить странный феномен. Ответить Вингейту я не могу – не специалист. Будь Алекс здесь и сейчас, он поставил бы физика на место. Впервые я хочу, чтобы Алекс «проснулся», я готов уйти, оставив ему поле боя, но у меня еще не получилось сделать это самостоятельно. Алекс почему-то мог. Появлялся, когда хотел, помогал, мешал, а мне не удавалось. Почему?

Надо отвечать. И если я отвечу неправильно, Вингейт презрительно выпятит губу, пожмет плечами и многозначительно посмотрит на Штрауса, а тот мило улыбнется и окончательно решит, что, конечно же, стресс вытащил из подсознания Эйлис то, что в нем потенциально находилось.

Странно, насколько наука подвержена верованиям – не меньше, чем религия, только выглядит это иначе. Научная вера выдает себя за самое науку, а на деле разве каждый ученый – тот же Вингейт – собственноручно проверял действие всех законов природы, которыми пользуется в своих уравнениях? Нет, он верит, что его предшественники не наделали ошибок. Верит – хотя вера и знание вроде бы несовместимы. А меня Штраус заставлял, буквально принуждал поверить. Так же, как мусульманин – в Аллаха, а христианин – в Христа, заставлял поверить в полную безопасность «встраивания». Мусульманин читает Коран, христианин – Библию, иудей – Тору, а мне рассказывали об экспериментах и клинических испытаниях, в которых я почти ничего не понимал. Для меня это были сакральные слова, такие же сакральные, как «И увидел Бог: вот хорошо весьма...»

Я должен сказать нечто, чему поверил бы Вингейт. Удивился бы, поразился, как явлению Христа, но вынужден был бы поверить, что сознанием Эйлис сейчас владею я, Чарли Гордон,

– Вспомнил! – восклицаю я, действительно вспомнив эпизод, который, казалось бы, выветрился из памяти. Так вспоминается вдруг детская шалость, о которой и думать забыл через минуту после того, как приклеил листок с надписью «Козел» на спину учителю математики. Было такое... сейчас вспомню... да, семнадцатого сентября, третий день моих штудий в проекте «Вместе в космосе». Точно, третий день. Я шел по коридору, одна из дверей слева, напротив окон, выходивших в сторону

Контрольного центра, приоткрылась, и оттуда выскочила... гм... другого слова не подберу... именно выскочила, как чертик из табакерки, молоденькая девушка с растрепанной прической и в растрепанных чувствах. Меня она не видела, она вообще ничего не видела вокруг себя, потому что ревела, как маленькая девочка, которую наказали родители. Я ее узнал – не сразу, а когда она уже спускалась по лестнице. Удивился: почему не дождалась лифта. Магда Полгар, она работала в отделе обслуживания, верно? Это я у вас спрашиваю, профессор, потому что дверь осталась приоткрытой, и я заглянул – можете подумать, что специально, хотя на самом деле без всякой задней мысли. Это был ваш кабинет, профессор, вы стояли в паре метров от меня... от двери... и приводили в порядок одежду. Я отвернулся – в конце концов, меня это не касалось, верно? И пошел дальше. Но, согласитесь, Эйлис не могла этого вспомнить, ее там не было.

– Чушь! – взорвался Вингейт, но я видел: он смущен, взволнован, я бы даже использовал слово, которое терпеть не мог: фрустрирован. Подбородок у него затрясся, как хвост трясогузки, взгляд забегал, как мышонок в клетке, а Штраус с любопытством посмотрел на физика, и я чувствовал, как мысль в его голове совершала возвратно-поступательные движения. Туда: а ведь действительно, ментальный паразит Эйлис не мог знать такой детали. И обратно: почему ж не мог? Если видел Гордон, он мог рассказать жене.

Этот ход мысли Штраус и озвучил, придя Вингейту на помощь, но физик уже находился в состоянии грогги – воспоминание было не из приятных.

Добился я, однако, совсем не того, чего хотел. Скорее –

противоположного. Вингейт бросил в мою сторону испепеляющий взгляд и выбежал из комнаты, будто за ним гналось стадо обезумевших обезьян.

– Ну вот, – поморщившись, когда дверь с грохотом захлопнулась, сказал Штраус. – В физике, значит, вы не сильны.

– Будто вам это неизвестно, – буркнул я.

– Может, да. Может, нет, – задумчиво произнес Штраус, глядя мне в глаза. Спокойный, ничего не выражающий взгляд – попробуй догадаться, о чем он на самом деле думает. Может, продолжит говорить со мной, как с реальной и знакомой ему личностью, а может, примется задавать стандартные вопросы, которые мы с ним изучали на тренировках – для выявления признаков расстройства идентичности.

Во мне закипала злость. Не нужно. Я это понимал, но после того, как Штраус перевел Эйлис в больничный корпус, после того, как рассматривал меня с интересом энтомолога, готовившегося насадить на иголку пойманную бабочку, после того, как Вингейт позорно бежал, после всего этого я уже не мог сдерживаться, просто не мог. Действовал подсознательно, и не знаю, чьи инстинкты в тот момент мной руководили: возможно, инстинкты Эйлис, не терпевшей, когда над ней насмехались. Я-то знаю: брошенный кем-нибудь иронический, насмешливый или уничижительный взгляд, бывало, приводил Эйлис в бешенство, и мне стоило немалых усилий удержать ее ярость в пределах разумного. Чаще всего доставалось мне, но я-то знал эту особенность Эйлис, умел если не сдерживать полностью, то переводить в иное русло – все заканчивалось безумными объятиями, поцелуями, постелью и счастьем. Я готов был иногда провоцировать Эйлис, обращая ее внимание на чей-то пустой, но, возможно – только возможно – иронический и пошловатый взгляд.

Сейчас у меня не было времени подумать. Я был здесь, и меня здесь не было. И Эйлис не было здесь и сейчас. Не было никого, кто мог бы мне… ей… приказать, остудить, направить.

Я встал, сжал кулаки (длинные ногти врезались в ладони – новое и странное для меня ощущение), поднялся – медленно, медленно, время растянулось, наверно, раз в десять по сравнению с обычным. Штраус застыл, в глазах его я увидел себя… или мне это показалось, потому что отразилась в его зрачках не Эйлис, а я собственной персоной. Как я мог разглядеть такое на расстоянии трех или четырех метров? Однако панику в глазах Штрауса увидел точно – паника отразилась на его лице.

Я что-то кричал – понятия не имею что именно. Если бы в поле зрения оказался пистолет, я бы Штрауса убил. Хотя… Эйлис понятия не имела, как пользоваться оружием, а я умел, но был ли это я в тот момент?

Я вцепился одной рукой Штраусу в шевелюру, а другой – в горло. Я сжимал пальцы, и это были пальцы не женщины, а вырвавшегося из подсознания монстра. Наверно, я смог бы сломать Штраусу шейные позвонки, но – к счастью для него – не успел.

Краем глаза различил возникшие справа тени, Бесформенные, но быстрые.

И все.

Не было темноты, тишины, шепота, криков, Рая, Ада. Ничего не было, и странно, что я осознавал это «ничего», сознавал себя в нем. И лишь подумав «теперь-то они возьмутся за Эйлис по-настоящему», я провалился в сон. Сон разума, да. Который рождает чудовищ…

6 ЭКИПАЖ

Их было двое: Джеймс Чедвик и Джеймс Чедвик. Проснулись одновременно, и оба первым делом бросили взгляд на пульт, где высвечивались орбитальные данные, а многочисленные датчики (восемьдесят семь – подсказала память) показывали состояние систем «Ники». Первый взгляд – самый правильный, это Джек и Джек знали по опыту, опыт у них был почти одинаковый, разве что Джек провел три месяца в космосе, а Джек оставался на Земле и следил за полетом Джека по телеметрии и сеансам связи.

Все было штатно. Корабль в порядке – замечательно. Запас воздуха. Химический состав. Батареи. Солнечные, химические, атомные. Вращение. Нагрев, охлаждение.

Хорошо. Через семь месяцев Гордон будет дома.

Нет, – сказал Джек.

Почему? – спросил Джек.

Потому, – сказал Джек, – что «Ника» не в Солнечной системе.

Не понимаю, – сказал Джек. – Что значит – не в Солнечной системе?

Джек поднял голову и посмотрел сначала в носовой иллюминатор, потом в правый, левый, верхний и нижний. Последовательно, как надо.

– Ты не знаешь. – Это была не мысль, выраженная словом. Джек не представлял, как выразить словами то, что теснилось в его сознании и искало выхода, но Джек был частью его самого, нет, он и был им самим, только не мог знать, что призошло, когда «Ника» пересекла невидимую, неощутимую, а может, вовсе не существующую границу. Джек мог все понять, почувствовать, осознать просто потому, что Джек это почувствовал, осознал и понял.

– Да, – сказал Джек. – Господи, помилуй. Это Солнце.

– Это не Солнце.

– Да. Но надо как-то назвать. Звезда? И что-то не так.

– Согласен. Не пойму – что, но – не так. Не может такого быть.

– Солнце.

– Да.

– Джек, не нужно думать об этом. Наша область ответственности – корабль.

– В полном порядке.

– Спросить Алекса… Я не могу его разбудить. Это происходит спонтанно.

– Да. И уснуть ты не можешь.

– Я не хочу спать.

– Плохо.

– Ты так говоришь, будто…

– Что ты, нет. Это просто констатация.

– Джек, ты… я… как получилось, что…

– Не знаю.

– Я знаю, что ты не знаешь. Но… у меня ощущение, что ты… я… ослеп?

– И оглох, да. Я ничего не вижу и не слышу, я ощущаю, как бьется сердце, но не чувствую ни ног, ни рук, это произошло вдруг, и я перепугался, не знаю, сколько времени это продолжалось, потом я почувствовал тебя, стал тобой…

– Нет.

– Да. Я вижу то, что видишь ты.

– Не я. То, что видит Чарли.

– Да. И мне… нам… как все сложно… нужен Алекс.

– Он спит. И я не могу его позвать. А когда он придет, меня, скорее всего, не будет, и я не смогу его ни о чем спросить. То есть могу записать вопросы в дневник, он запишет ответ. Сейчас я… Господи… Спать…

– Джек!

***

Их было двое: Луи Неель и Луи Неель. Они проснулись одновременно, и оба первым делом бросили взгляд на пульт, где высвечивались медицинские показатели: давление, пульс, температура тела, энцефалограммы и кардиограммы, pH-среда, рефлекторные реакции. Норма, норма, норма… Хорошо. Он и сам ощущал, что все в порядке: ничего не болело, он подвигал ногами, потянулся, пульс частит, но незначительно, в пределах нормы.

Луи отстегнулся, выплыл из кресла и застыл, ухватившись обеими руками за спинку.

Планета. Она занимала половину неба – три иллюминатора: верхний, правый и нижний. Планета была огромна. А может, и нет – возможно, корабль находился на низкой орбите.

Он посмотрел на часть приборной панели, которая прежде его не интересовала. Он никогда не лез в навигацию, это ему было не нужно, Амартия прекрасно справлялся, а когда не знаешь, заснешь ты через час или минуту, лучше не тратить время на операции, не имеющие к тебе прямого отношения. Тем более, в штатной ситуации. Как сейчас.

Как сейчас? Планета за бортом – штатная ситуация?

С точки зрения здоровья – да.

– Красиво, – сказал Луи.

– Очень, – согласился Луи и добавил, нисколько не удивляясь: – Нас теперь двое?

– Нас всегда было двое, – подумал Луи. – То есть всегда после «встраивания». Сначала я этого не понимал, не ощущал, мне казалось, что тебя отделили навсегда.

– Зачем объясняешь? – удивился Луи. – Я прекрасно помню. То есть помню все, что делал на тренировках.

– Ты помнишь полет, а я – парк, палату, старт «Ники», который наблюдал на мониторах Института и желал тебе успеха. Хотел быть на твоем месте и понимал, что ты – это я, и мне хотелось быть с тобой там, то есть быть не с тобой, а тобой, и все три месяца я смотрел новости, а иногда меня звали, чтобы проконсультироваться относительно физического состояния Гордона. Советы передавали на борт, когда ты бодрствовал, только не говорили, что это мои советы.

– Они всегда совпадали с мои мнением, – внутренне улыбнулся Луи. – Но почему я раньше не ощущал, что нас двое?

– Не знаю. Думаю, дело в том, что в какой-то момент я перестал существовать в мире. Будто теряешь сознание, а потом приходишь в себя, понимаешь, что ничего не видишь и не слышишь, и тела своего не чувствуешь, ты – просто сознание в собственном мире. Это было страшно, но недолго. Почему-то я понял, что скоро стану тобой, уверенность, не покоилась на знании, такое же ощущение, как тепло, холод, которых я не чувствовал. Я только не знал, когда это произойдет, но времени будто не существовало, оно, конечно, шло, время идет всегда, хотя это тавтология, но я времени не ощущал, поскольку нечем было его измерить.

– Темно и тихо?

– Никак. Сейчас ты можешь… должен и сам это почувствовать.

– Ты помнишь полет?

– Вспоминаю. Отрывочно. Память всегда отрывочна и безнадежно случайна.

– Ты в коме, – сказал Луи.

– Похоже на то, – согласился Луи. – И, скорее всего, если бы не это, я бы не… то есть мы бы не…

– Не соединились. Уникальный случай в медицине.

– Но этого можно было ожидать? Когда сознание разделяют в пространстве, оно все равно остается единым сознанием. То есть может остаться. И почему бы не…

– Телепатии не существует.

– Это не телепатия. Это…

– Квантовая система в суперпозиции.

– Ты сказал.

– Естественно. Ты и сам это знаешь. Помнишь, конечно, разговор с Алексом.

– Мозг как квантовый компьютер. Я не очень понял, что это такое.

– Совсем не понял.

– Ну… да.

– После твоего отлета, я несколько раз говорил с Алексом об

этом и понял так, что сознание – по новым физическим теориям… странно, что модели сознания строят физики, а не биологи…

– У нас нет такого математического аппарата.

– А у них нет нужного понимания устройства и работы мозга, но теории они любят строить, даже когда данных недостаточно или они противоречивы. Потом они свои теории исправляют…

– О квантовом компьютере…

– Да. Если ты можешь сейчас помнить то, что помню я, то должен вспомнить.

– О чем ты? Наверно, помню, но не знаю, что именно должен вспомнить. Нужно ждать, когда вспомнится само, а на это не хочется тратить время. Скажи, что…

– Я об этом не подумал… Мы как-то столкнулись с Алексом в холле. Нам не очень-то позволяли общаться после старта. Видимо, опасались, пусть чисто теоретически, что контакты между нами могут как-то повлиять…

– Теория суперпозиции. Штраус в ней ничего не понимал, но психологи предпочитали перестраховаться.

– Не то чтобы нам вообще запретили общаться, просто разделили по разным комнатам в Институте. Иногда мы встречались… случайно… в разных местах. И общаться не хотелось, можешь себе представить. Почему-то именно после старта мы… не скажу обо всех, но мне они, все трое, стали чужими. Когда все-таки сталкивались, я предпочитал поздороваться, обменяться, если надо, парой фраз, и уходил. Мне казалось, они ощущали то же самое.

– Алекс…

– Да. Позже ты, наверно, вспомнишь тот разговор. Мы столкнулись в холле здания Фишман. Я едва не налетел на его коляску, шел, задумавшись. Прошел бы мимо, но Алекс схватил меня за руку, остановил и стал расспрашивать о здоровье. Мне было неловко, я хотел перевести разговор, спросить, получает ли он какую-нибудь информацию с корабля, которую не сообщают мне, но он заговорил о квантовой природе сознания, ты же знаешь, для него не существовало других тем, кроме его любимой физики.

– Обычно он говорил о черных дырах.

– Но в тот раз заговорил о сознании, и я поневоле заслушался. Понял мало, и ты поймешь не больше, когда вспомнишь, но он сказал важную вещь. То есть это я сейчас понимаю, что важную, а тогда просто запомнил. «Они думают, – сказал Алекс, – что, раздвоив сознание, разделили их физически. Вряд ли. Сознание – квантовая система. Создав дубликат, они получили две равные друг другу, то есть запутанные, системы: по сути, единую квантовую систему со связями, о которых ничего не известно. Я им говорил еще тогда, когда меня сватали в эту экспедицию, но даже физики со мной не согласны, что уж говорить о биологах и, тем более, психологах, для которых квантовая физика – темный лес и вообще наука, никакого отношения к сознанию не имеющая». Я хотел сказать, что так оно и есть, и незачем придумывать сущности сверх необходимого. Но меня позвали... Теперь понимаю, что, видимо, Алекс был прав. Сознание, будучи разнесено в пространстве, осталось единой квантовой системой, что бы это ни значило.

– Почему я не чувствовал твоего присутствия раньше, если между нами сохранялась запутанность?

– Подумай.

– Если у тебя есть идея, есть и у меня, верно? Декогеренция? Об этом тоже говорил Алекс – не в том разговоре, который я не вспомнил. Раньше.

— Видимо, это как-то связано, хотя я плохо понимаю, что такое связанные системы, что такое декогеренция.

— Слишком много внешних сигналов, поступающих в мозг и проецирующихся в сознание. Эти сигналы разрушают то, что называют суперпозицией.

— Что-то вроде, да. Но это не декогеренция. При декогеренции квантовая система теряет запутанность, образуются две независимые системы. А тут…

— Внешняя информация ослабляет связи.

— Видимо.

— А когда ты впал в кому…

— Я читал книгу, и вдруг все исчезло. Свет, звук, запахи… Мгновенно. Почему?

— Без Алекса не ответить.

— С ним невозможно посоветоваться?

— Не получается. Мы с Алексом не просыпаемся одновременно. Несколько раз я выходил из сна вместе с Джеком и Амартией. Ни разу – с Чарли или с Алексом.

— Почему?

— Понятия не имею.

— Жаль.

— Луи?

— Да, Луи?

— Эта планета… Откуда? И это солнце… Оно светит по-другому.

— Красивая планета.

— Очень. Похоже на марсианские пустыни. Казалось бы, что красивого… Рыжая… Как волосы Ады. И вспучивания, будто веснушки. Поверхность отсвечивает, как тусклое зеркало.

– Океан?

– Рыжего цвета? Но да, похоже. Это напоминает…

– Конечно. Я тоже об этом подумал. Поле подсолнухов в Лионе.

– Мальчик Луи.

– И девочка Жаклин.

– Боже… боже…

– Луи?

– Да?

– Что с нами будет? С тобой – там и со мной – здесь… Луи! Я не чувствую тебя! Не уходи!

– Спать… так хочется спать…

***

Алексей Панягин проснулся один и не сразу понял, где он. Привык просыпаться в своей постели. Он всегда спал на правом боку, и, когда открывал глаза, видел картину в тонкой раме, висевшую на противоположной стене. Сумятица красок, красные линии пересекались с синими, желтые окружности и эллипсы наступали друг на друга, как танки в решающем сражении, но доминировал зеленый цвет весенней травы на лужайке перед его домом в Москве. Трава оставалась зеленой всего несколько дней, потом ее приминали прохожие, которым лень было идти по дорожкам, и от выхлопов автомобилей трава теряла цвет и умирала, а он смотрел на лужайку из окна своего первого этажа, подъезжал на коляске ближе к стеклу, колени упирались в низкий подоконник, и ему было грустно. Ему всегда было грустно, и почему-то грусть помогала жить. Он часто думал о том, как смог бы жить, если бы был весельчаком, как Рома Пальшин из квартиры напротив. Оптимисты надеются на лучшее, и потому им хуже других в реальности, где будущее не предвещает ничего хорошего. А ему жалеть было не о чем, и он не жалел. Грусть рождала мысли, идеи, в грусти возникали теории, а в радости – так ему казалось – могли родиться только бездоказательные гипотезы.

Кому-то его образ мыслей показался бы странным, но для него думать так было естественно, особенно по утрам, когда, просыпаясь, он не мог понять, где находится. Картину он нарисовал сам – это были его чувства, его мысли. Потому и не мог, проснувшись, сориентироваться: всякий раз видел картину иначе. То, что сегодня выглядело концом мира, назавтра представлялось цветущим садом с огромными красными хризантемами. Он знал, что хризантемы красными не бывают, но в его саду росли только такие, он сам их вырастил в воображении и сам по утрам, проснувшись, поливал дождем, приснившимся перед рассветом.

Алекс проснулся и не сразу понял, что полулежит в кресле, не в своей московской квартире, а на «Нике», и перед ним в окне-иллюминаторе не лужайка, которую он на самом деле не видел почти год, а закругленный край рыжей планеты.

Он бросил взгляд на часы, на верхний ряд цветовых индикаторов и пришел, наконец, в себя. Прошло восемнадцать часов после того, как он просыпался в последний раз. За это время, судя по скупым записям в дневнике, просыпался Джек, а следом Луи. Джек писал, что все системы «Ники» функционируют в штатном режиме, Луи – что Гордон здоров, сначала немного частил пульс, но быстро пришел в норму.

Обычно записи были гораздо длиннее. Для того, кто просыпался следующим, полагалось записывать все, что происходило на борту и за бортом, все свои действия, физические упражнения и даже запомнившиеся сновидения. Для исследования психологического состояния каждой субличности это были важные и необходимые сведения.

А в дневнике отписки. Вопросы, приходившие ему в голову в детском саду. Он донимал воспитательницу Клавдию Матвеевну, добрую, но требовательную и ни разу на его детские вопросы не ответившую. Во всяком случае, не ответившую так, чтобы ответы его удовлетворили.

«Почему планета? Откуда планета?» Ну, Луи, ты даешь. До сих пор не понял? Хотя да, биологу и врачу не понять, а я не оставил подсказок.

Алиса! Он ухватился обеими руками за подлокотники – вылетел бы из кресла, если бы не был пристегнут. Алиса! Засыпая, он… они с Чарли… оставили ее с этим… А ведь он считал Штрауса самым дружелюбным и понимающим из всех, с кем ему приходилось иметь дело в проекте. Психолог божьей милостью. Кажется, сам хотел лететь, или это только казалось – по его отношению, чуткости. Куда все делось? Алиса!

Он звал ее – мысленно и вслух, он напечатал ее имя в дневнике, подумал и стер, и напечатал опять, чтобы тот, кто проснется следом – Луи, Джек, Амартия – знал, что может…

Нет, не может. Он-то знает, что не может. Запутаны с Алисой только двое из пяти – он и Чарли.

Он был один, Чарли – к счастью! – не проснулся, и Алисы тоже не было.

Алекс почувствовал, как по спине стекает струйка пота. Бросил взгляд на датчики: температура в кабине нормальная, девятнадцать градусов.

Декогеренция? Это было бы ужасно, но пока нет доказательств. В прошлый раз Алиса тоже вошла в их с Чарли сознание не сразу. Не нужно нервничать.

Спокойно.

Что можно понять из существующих данных? Когда «Ника» приблизилась к массивному темному телу, взаимодействие выбросило корабль во вселенную, где темная масса – реальна. Остаются вопросы… Собственно, вопросов множество, а ответов – никаких. На какое расстояние нужно приблизиться, чтобы произошел переход? Зависит ли критическое расстояние от массы темного объекта? От его плотности? От величины гравитационного поля? От соотношения масс взаимодействующих тел? Наверняка причина перехода – в квантовых эффектах, и, следовательно, для правильного описания и понимания явления нужна квантовая теория гравитации, которой пока не существует.

Произошел бы переход, будь «Ника» автоматическим аппаратом? Является ли сознание космонавта – наблюдателя! – катализатором процесса? Возможно, именно наблюдатель выбирает, в каком мире оказаться. Был ли выбор бессознательным (скорее всего) или осознанным (вряд ли)? И еще – кто выбирал-то? Чье сознание? Гордона как носителя субличностей? Или всей пятерки как единого сознания?

Кто выбрал для них судьбу?

Судьба представлялась незавидной, Алекс старался о ней не думать – квантовая физика случившегося гораздо интереснее судьбы экипажа.

Стоп.

Если заставить себя, как он сейчас пытается, не думать о судьбе, о жизни, об Алисе, какой смысл думать о физике процесса? Невозможно. «Не думай о белом слоне».

Он подумал о белом слоне – о том, что невозможно вернуться во Вселенную, где Земля, Солнце, Алиса. Невозможно? Он лишь понятия не имеет, как это сделать! Орбита? Какой должна быть орбита, чтобы взаимодействующие вселенные вытолкнули корабль из одного мира в другой? На Энигму «Ника» не упадет, хотя бы это ясно. Корабль удаляется от планеты, это видно невооруженным глазом: когда он проснулся прошлый раз, горизонт выглядел не таким закругленным, как сейчас. Планета визуально стала меньше вдвое. Или втрое? Корабль уходит в космос – и только Амартия может сказать, по какой причине. В задаче двух тел – планета и корабль – движение по разворачивающейся спирали невозможно. А если «Ника» движется по вытянутому эллипсу (или вообще по параболе или гиперболе), то за восемнадцать часов удалилась бы от планеты гораздо дальше. Или нет? Амартия, черт тебя побери, чем ты занимался, когда бодрствовал? Почему в дневнике ни слова?

А если в этой звездной системе есть третье тело, из-за которого «Ника» движется по спирали, – где оно? Еще одно темное тело – только уже в этой вселенной?

И солнце… То есть звезда, которая здесь вместо Солнца. Алекс не был знатоком астродинамики, но понимал, что есть некая странность, что-то неправильное, непонятное.

Вот что! Траекторию «черной дыры» вычисляли, полагая

(естественно!), что центром масс является Солнце. На самом же деле Энигма (планета!) притягивалась не только Солнцем, но и «своей» звездой. Так? Так. И эта звезда – такое же темное тело в «нашей» Вселенной, как Энигма. Очевидно, что темная звезда обязана была себя проявить – как проявила Энигма. А это масса, возможно, большая, чем масса Солнца! В Солнечной системе такое массивное темное тело в принципе не могло остаться незамеченным. Его присутствие внесло бы такой хаос в динамику планет – Земли в том числе, – что не обнаружить его было бы невозможно. С древних времен! Значит…

Алекс не понимал, что это значит. Невозможное всегда непонятно.

Или…

Мысль проскочила, будто заяц перебежал дорогу перед автомобилем. Алексей видел зайца – единственный раз в жизни, – когда ехал из Москвы в Домодедово. На шоссе было много машин, Алексей сидел рядом с водителем, кресло сумели втиснуть на заднее сиденье, а в багажнике лежали два чемодана, лэптоп и сувенир для Гордона. Он смотрел по сторонам, немного нервничал – пока не опаздывали, но, если и дальше будут ехать так медленно, могут не успеть на регистрацию, – и вдруг заметил на обочине справа быстрое движение в кустах. Раз – что-то бурое выскочило на шоссе и со скоростью снаряда пронеслось поперек дороги перед бампером машины. Исчезло на мгновение (неужели попало под колеса?), появилось слева, проскочило перед машиной, ехавшей по встречке, и скрылось, И только тогда он осознал: заяц, большой, серый. Что его погнало через шоссе при таком трафике? Страх? Зайчата, оставшиеся «на той стороне»?

Странные были мысли. Но заяц…

Как мысль.

Эта вселенная – темная по отношению к нашей. Так? Так. Вещество этой вселенной проявляет себя в нашей как темная масса. Энигма появилась из облака Оорта и приближалась к Солнцу по очень вытянутому эллипсу. Астрофизики полагали, что «черная дыра» прилетела из межзвездного пространства, туда же и улетит, пронзив Солнечную систему. Алексей в обсуждениях не участвовал – его интересовала физика черной дыры, а не орбита. Получается, однако, что главное – именно орбита. В этой вселенной планета, которую приняли за черную дыру, тоже движется по очень вытянутой орбите. Так? Должно быть, так. Движется вокруг здешнего светила, более массивного, чем Солнце. Свет звезды не желтый, а скорее белый. Спектрографа на борту «Ники» нет, незачем было ставить на корабль спектрограф и подобную астрофизическую аппаратуру – кто мог предположить, что Гордону придется исследовать вовсе не черную дыру? Есть, впрочем, рентгеновский телескоп для мягкого диапазона от 0,1 до 0,8 килоэлектронвольт и чувствительный гамма-детектор. В принципе, с их помощью можно оценить температуру светила, и он это сделает. Но проблема все равно останется: массивная темная звезда должна была проявить себя в Солнечной системе, как слон в посудной лавке – невидимая масса возмущала бы орбиты планет, астероидов, комет и самого Солнца!

Решение ускользало, как тот заяц.

Алексей переплыл в противоположный конец кабины – без проблем, нужно только цепляться за поручни. Так. Включить гамма-детектор и рентгеновский телескоп. Навести на солнце. Это легко и без цифровой системы наведения. Сделано. Подождать.

Алексей занимался делом и не думал ни о чем другом. Ему всегда это удавалось – думать только о самом важном, и тогда он, как многим казалось, выпадал из жизни, его можно было звать, его даже можно было ударить – он был занят своими мыслями, решал задачу, весь был в творческом процессе. И сейчас видел только числа на дисплеях. Задал алгоритм решения, и секунд пять спустя – компьютеру не понадобилось много времени, чтобы провести расчет довольно простого распределения излучения – узнал, что спектр светила, как и положено нормальной звезде, имеет планковское распределение с температурой около восьми тысяч кельвинов.

Звезда спектрального класса А7 – А9, втрое более массивная, раз в пятьдесят более яркая и намного более молодая, чем Солнце.

Этой звезды не могло здесь быть. Этого темного тела нет, не было и не могло быть в Солнечной системе.

Что не так?

Захотелось пить. Алексей вернулся в кресло, вытянул питьевую трубочку, выбрал яблочный сок, показавшийся слишком сладким, хотя и был разбавлен до приятной консистенции. Передвинул трубочку в положение «вода», пил долго, с удовольствием, а потом заснул.

На самой границе сна, теряя себя и не сумев запомнить, Алексей понял, почему здешнее солнце не проявляет себя в Солнечной системе. Решение оказалось примитивно простым, но…

Он спал.

7 ГОРДОН

Гордон проснулся и оглядел верхний ряд приборов. Все штатно. Чувствовал он себя прекрасно: потянулся, поднялся. Почему не пристегнут? Кто был сейчас? Алекс. Понятно, он часто не пристегивается, сидя в кресле – то ли забывает, то ли не считает нужным. Мелкое, по его мнению, нарушение, никто до сих пор не сделал ему замечания.

Планета ушла вниз, корабль медленно вращался вдоль оси, в носовом иллюминаторе висело солнце – звезда, если прав Алекс (а он, конечно, прав, Гордон и не думал сомневаться), более массивная и горячая, чем Солнце. И если принять, что размер звезды соответствует спектральному классу, то по величине углового диаметра (странно, что Алекс не проделал это элементарное вычисление) расстояние до светила получается примерно три миллиарда километров, почти двадцать астрономических единиц, на таком расстоянии от Солнца в «нашей» Вселенной находится Уран

Еще один простенький расчет, которым Алекс – странно – не стал себя утруждать: Энигма расположена в «поясе жизни». Рыжая, покрытая веснушками, планета.

Захотелось есть, Гордон съел пару кексов, запил апельсиновым соком и подумал, что через несколько месяцев припасы закончатся.

Впервые осознал – ясно, четко, – что не вернется домой. Какая орбита выведет «Нику» в родную Вселенную?

Почему-то эта мысль не вызвала никаких эмоций. Много лет назад десятилетний Чарли Гордон, прочитав первый в своей жизни фантастический роман, навзрыд плакал над судьбой астронавта, оставшегося на далекой планете. Один! Посреди безжизненного мира! Навсегда! Без любимой сестры, без старшего брата. И отец не придет на помощь, и мама не обнимет, и он не сможет прижаться к ее груди…

Все перемешалось в его детском сознании – может, потому и эмоции, вызванные всего лишь чтением всего лишь книги, каких он уже немало перечитал, научившись складывать буквы в слова, оказались такими бурными.

Сейчас он всего лишь констатировать всего лишь очевидный факт.

И только после этого, будто поставив памятник самому себе, подумал: «Эйлис!»

И сразу: «Алекс!» И следом: «Эйлис, как ты могла…»

Кровь прилила к щекам, к голове – так он почувствовал. И услышал собственный голос: «Чарли, милый, ты вернулся…»

Память будто взорвалась – все, что происходило несколько часов назад в Центре имени Джонсона, вспомнилось мгновенно, от первого до последнего слова, от первого до последнего действия, время памяти сжалось пружиной и распрямилось, сметая все.

– Эйлис! – Гордон не понимал, что кричит, и крик записывается в бортовой дневник, одинокий голос человека.

– Эйлис, как ты, где…

Он стоял у окна и смотрел на сад внизу, это был пятый или шестой этаж, сад показался знакомым, и здание напротив, за деревьями: тренировочный корпус, где он провел две недели перед стартом.

Институт мозга. Вотчина Штрауса. Гордон никогда прежде не поднимался на пятый этаж, а на первом бывал много раз – в поликлинике, где ему измеряли давление, брали анализы – перед тренировками и после них. Штраус сопровождал его. Штраус…

Гордон обернулся и осмотрел комнату. Эйлис не стала бы этого делать – она уже насмотрелась и наплакалась, а он этой комнаты еще не видел: диван светло-сиреневого цвета, круглый столик, мягкое кресло, все компактное, удобное.

Дверь. Гордон повернул ручку, подергал. Конечно, заперто.

Эйлис наверняка помнила, что было потом, когда он уснул, вернулся на «Нику». Эйлис помнила, а он – нет. У каждого сознания была своя память.

Кто-то подошел к двери снаружи – легкие, прерывистые, будто стаккато, шаги. Ручка повернулась, Гордон сделал шаг назад, ожидая, что войдет Штраус.

Штраус вошел. Закрыл за собой дверь, прислонился спиной и долго изучающе смотрел, будто видел Эйлис впервые. Смотрел и молчал. И Эйлис молчала. Гордон хотел, чтобы Штраус задал вопрос, который показал бы, что психолог понимает происходящее – так, как должен и может понимать специалист. Не по квантовой физике, конечно, а по диссоциативному расстройству идентичности.

Штраус не подкачал.

– Доктор Панягин, это вы?

С чего он взял? Какие особенности в позе Эйлис, в ее взгляде, повороте головы могли привести Штрауса к такому выводу? Во всяком случае, он ошибся.

– Я Гордон.

Штраус кивнул, будто сменил реальность в собственном мозгу.

– Здравствуйте, Гордон. Да вы садитесь. Вон туда, в кресло. Хотите на диван? Ради Бога. Тогда я в кресло – не возражаете?

Он присматривался. Он очень тщательно присматривался. Движения, жесты. Профессионал – его интересовали поведенческие реакции. Если в множественной личности доминирует мужское сознание, а тело-носитель женщина – как она двигается, как садится, как…

– Мне нужно выйти.

– Конечно, миссис… Налево по…

– Мне нужно выйти. Уйти.

На лице Штрауса ничего не отразилось, лишь чуть дрогнули уголки губ.

– Вы не имеете права меня задерживать, верно? – Гордон усилил давление. В отличие от Эйлис, перепугавшейся настолько, что позволила Штраусу привести ее сюда и запереть, Гордон хорошо разбирался в правах – собственных и любого гражданина Соединенных Штатов.

– Я вас не задерживаю, миссис… э… Гордон. Я просто хотел поговорить.

– Прекрасно. Поговорили. Я просил вас о встрече со специалистами по квантовым теориям. Вместо этого вы привели меня в Институт и заперли в комнате. Это покушение на права личности.

– Гордон, послушайте, – запротестовал Штраус. – Вы же ничего не понимаете в квантовой физике.

Он сделал паузу, предполагая, видимо, что характер Эйлис проявится, и можно будет сделать какие-то выводы – с точки зрения психиатрии, конечно.

– Я знаю, что вы хотите сказать, Штраус. Корабль, к сожалению, полностью разрушился, будучи захвачен черной дырой. Гордон погиб.

— Вы верно описываете ситуацию, — вздохнул Штраус. — И вы слишком взволнованы, чтобы…

— Послушайте, — устало произнес Гордон. — Мы ходим по кругу. Вы уверены, что известие о моей гибели вызвало у Эйлис психическую реакцию: проявление расстройства идентичности. Случай не типичный, но вам приходилось сталкиваться и с подобной реакцией мозга на стресс. Я прав?

— Это происходит редко, — согласился Штраус, продолжая внимательно наблюдать. — Но в моей практике я дважды сталкивался с подобными случаями.

— Расскажите, — потребовал Гордон и добавил, чтобы Штраус не расслаблялся: — А потом объясните, как выйти из здания. Не думаю, что в Хьюстоне трудно найти хорошего физика. Итак? Что за случаи?

— Восемнадцать лет назад, когда я был ординатором в психиатрической клинике Бостона, поступил пациент с диссоциативным расстройством идентичности. Он содержал четыре субличности, но сначала проявилась только вторая, две другие вышли на свет позднее, а второй личностью оказалась жена этого… назову его, скажем, Вильямом. Да, его жена, недавно погибшая в автомобильной аварии. Вильям прекрасно знал характер жены, ее привычки, любимые фразы. Я подумал сначала, что он копирует ее поведение, но нет — это действительно была личность его погибшей жены. Очень интересный случай. Две другие личности, кстати, не имели к Вильяму никакого отношения. Это как раз обычно. Так что…

– А второй случай?

– Вам интересно? Второй раз я столкнулся с подобным поведением в прошлом году. Кстати, мы с Гордоном тогда уже были знакомы. Я заканчивал работу в клинике Джексона в Детройте и переходил в НАСА на полную ставку – раньше работал консультантом. Да, так второй случай. Некий Альберт, назовем его так, убил подругу. Жуткая история, не хочу вдаваться в подробности. Но для убийцы, который, вообще-то, не собирался… Короче, уже в тюрьме у него начались проблемы с психикой, а несколько часов спустя проявилась вторая личность – как вы, наверно, поняли, это была личность убитой им женщины. На следующий день явилась третья личность – некоего Шмуэля, ювелира из Амстердама. Он плохо говорил по-английски, вставлял слова на идише.

– Об этих случаях вы мне раньше не рассказывали.

– Вы помните? Интересно. – Штраусу действительно было интересно, он наклонился к Эйлис, Гордону показалось, что психолог сейчас возьмет его за руку, и он отодвинулся.

– Конечно, помню, – сердито сказал Гордон. – А еще: как вы не смогли выйти из туалета, помните? В Контрольном центре электронные замки даже в кабинках, и что-то не сработало, пришлось вызвать мастера. Я и вызвал, верно?

– Верно, – кивнул Штраус. – И вы рассказали жене об этом смешном эпизоде. Конечно, рассказали, это так пикантно.

– Вас ничем не прошибешь, Штраус, – вздохнул Гордон. – Простите, я все-таки пойду.

Он хотел выйти из комнаты прежде, чем заснет. Эйлис должна оказаться вне этих неприятных стен. Может, придя в себя на улице, она сориентируется. Если, конечно, не запаникует, обнаружив себя там, где прежде не была. А может, проснется Алекс. Хорошо, если так. Еще лучше, если бы они с Алексом проснулись вместе, но как это происходит, почему иногда случается, а иногда нет – Гордон не знал.

Он встал и пошел к двери, боковым зрением продолжая следить за Штраусом, так и не сделавшим попытки подняться из кресла и преградить ему путь.

Показалось, или Штраус громко вздохнул и пробормотал непонятную фразу – кажется, даже не по-английски?

Гордон повернул ручку, и дверь открылась. Он вышел в коридор и увидел двоих, сидевших на широких подоконниках и куривших, хотя курить в общественных зданиях, тем более, в Институте, было запрещено.

Оба были в джинсах и ветровках. Оружия не видно (Почему он подумал об оружии? Проносить оружие в общественные здания и, тем более, в Институт, было так же запрещено, как и курить). Оба крупные, с такими Эйлис не сладить, даже пытаться не стоит.

Он и не попытался. Пошел по коридору к лестнице, затылком ощущая, как те двое бросили в урну сигареты и затопали следом – впрочем, не приближаясь. Молча.

Спать… Господи, только не сейчас. Только не…

– Помогите ей! – услышал он голос Штрауса.

И все.

8 ЭЙЛИС

Эйлис открыла глаза и увидела над собой лица двух мужчин. Ей помогли встать, но продолжали держать под руки. Она вспомнила Штрауса, Алекса и Чарли (именно в таком порядке), но не представляла, как здесь оказалась и почему упала (довольно сильно ушибла локоть).

– Вы в порядке, мисс? – Мужчина был высокий, как фонарный столб, и равнодушный, как статуя в музее. Равнодушие так и сочилось из него, он спросил «все ли в порядке?», но на самом деле ему было все равно, отвечать не имело смысла, и Эйлис не ответила, только попыталась отдернуть руку, но не получилось: мужчина вцепился, как клещ.

– Вы в порядке? – спросил второй, пониже, но и он был внушителен, а квадратный подбородок делал его похожим на героя комикса.

– Да, – коротко ответила она.

– Позвольте, мы вас проводим, – предложил второй, а первый крепче сжал ее локоть, отчего Эйлис вскрикнула, быстро повернулась вокруг оси (видела такой прием в каком-то сериале) и, наконец, почувствовала, что свободна. Чего бы ни хотели от нее эти двое, прибегать к насилию они, похоже, не собирались.

– Спасибо, – сказала она, дотронулась до болевшего локтя и продолжила, обращаясь только ко второму, показавшемуся ей более адекватным: – Со мной все в порядке. Нога подвернулась.

– Каблук высокий... – с легкой насмешкой произнес второй.

– Да... – протянула Эйлис. Она была в туфлях на плоской подошве, обувь на каблуках надевала в исключительных случаях, когда шла с Чарли на вечеринку, где дресс-код был необходимым условием.

– Вы домой? – настойчиво спросил второй, а первый отошел на

шаг, скрестил руки на груди и равнодушно прислушивался к диалогу.

– Нет, – отрезала Эйлис и пошла по тротуару, только сейчас обратив внимание, что находится на улице около длинного семиэтажного здания, каких много в окрестности Джонсоновского центра. Большие окна, никаких надписей или табличек на фасаде, и, что поразило Эйлис: никого вокруг. И тишина…

В голове понемногу прояснялось, и, дойдя до ограды с металлическими воротами, Эйлис вспомнила подробности разговоров со Штраусом и физиком… как же его фамилия… Вспомнила с изумлением, как Чарли и Алекс входили в ее сознание, будто к себе домой, как они хорошо разговаривали, причем она прекрасно понимала, что это не психоз, не «голоса в голове», это нормально, это то, что Алекс назвал «любовной квантовой запутанностью», а Чарли с ним согласился, хотя Эйлис не представляла, что двое ее любимых мужчин смогут разговаривать друг с другом в ее присутствии.

У ворот стоял полицейский, а те двое шли за ней – поодаль, не приближаясь, но и не собираясь терять из вида. Эйлис подумала, что может позвать на помощь копа, но последствий его вмешательства предсказать не могла и молча прошла мимо. Полицейский ей кивнул и приложил два пальца к козырьку фуражки.

На улице, только что выглядевшей пустынной, вдруг появилось много людей: стоявших, шедших неспешно и быстро, переходивших дорогу по пешеходному переходу. И машины. Почему ей казалось, что вокруг – никого? Что она одна – и, кроме нее, только полицейский и эти двое, шедшие в отдалении. Странное свойство внимания? Если чего-то видеть не хочешь, не нужно тебе, неинтересно, неважно – то и не видишь, будто этого нет в природе. Идешь, погруженная в свои мысли, а потом приходишь в себя, и мир оживает, будто только что созданный из космического квантового вакуума.

Эйлис перешла улицу и остановилась. Что-то подсказывало, что нужное ей пятиэтажное здание в форме подковы находится не здесь. Пешком не дойти. А где? И как доехать? Интуиция молчала, но возникла другая мысль: позвонить. Кому? По какому номеру? Штраус и его люди в покое не оставят. По их мнению, она слетела с катушек, узнав о гибели Чарли. Тот физик, Ковнер, слушал вроде бы внимательно, но что понял?

Эйлис растерянно стояла у входа в зеленую разветвлявшуюся аллею. Она огляделась: таксофонов не было. Таксофоны исчезли с улиц, она раньше не обращала внимания, телефон у нее был всегда с собой, последний раз она звонила по уличному… когда же… не могла вспомнить. Звонила домой Максу, но это было еще до Чарли, в далеком прошлом, которое она постаралась забыть и забыла. Мысли причудливо извивались по собственным маршрутам, и она ничего не могла с этим поделать. Будто кто-то не давал сосредоточиться.

Физик. Ей нужен физик. Что она ему скажет? Алекс мог бы. Даже Чарли. Но их нет, она одна, и всем наплевать, что Чарли жив. «Безумная баба».

Эти слова будто подкрутили колесики в сознании, и Эйлис вспомнила, что говорил Алекс во время одной из их немногих встреч в парке Джонсоновского центра: «Алиса, думаешь, мне не страшно? Я боюсь – иногда до ужаса, – что "встраивание" не получится, и я забуду все, что знаю, все, что делал, чем занимался.

Память очень странная штука и плохо изученная. Они уверены, что процедура отработана, а я все равно боюсь. Ты спросишь, я вижу, ты спрашиваешь, глаза твои спрашивают, почему я согласился, но я не мог иначе, это моя мечта, моя жизнь. Когда мне было семнадцать, я чуть было не покончил с собой, такая была тоска, и спасла меня физика, ты не поймешь, у тебя другие ценности в жизни, а я не мог уйти, не закончив задачи, которую тогда пытался решить, я ее давно решил, а потом были другие задачи, и сейчас тоже, но если я умру во время "встраивания"… Потерять память — все равно что умереть… Они говорят, это невозможно, но кто знает? В общем, если я умру, позвони Артуру Бусыгину, это мой коллега и близкий друг, позвони ему по телефону семь, это код России, девятьсот двенадцать сто тридцать восемь семьдесят семь четырнадцать, расскажи…»

Что она могла рассказать?

И телефон. Телефон остался у Штрауса.

— Вам нехорошо, миссис?

Эйлис подняла взгляд. Теперь их трое. Других. Она отпрянула, но смотрели они встревоженно, опасности в их взглядах Эйлис не увидела. Молодые. Двое белых и афроамериканец.

— Вам нужна помощь?

Она огляделась. Мимо шли люди, на противоположной стороне улицы стояли двое. Те.

— Да, — сказала она. — Я потеряла телефон, мне нужно срочно позвонить…

Три телефона.

— Пожалуйста, миссис.

Она взяла телефон у афроамериканца, это была новая модель «Самсунга», она не знала, как пользоваться, вернула аппарат, сказала:

– Я продиктую номер. Можно?

– Конечно.

Если мужчина и удивился названному номеру, то не проявил эмоций. Набрал цифры и протянул телефон Эйлис. Длинные гудки, а потом низкий и гулкий, будто из колодца, мужской голос, произнес несколько непонятных слов. На русском, конечно.

– Простите, я звоню по просьбе Алекса Панягина.

– Леши? – прервал ее мужчина и заговорил по-английски. – Вы Алиса Гордон? Леша говорил о вас. И я уже связался со знакомыми физиками.

– Алекс, – поразилась Эйлис, – говорил с вами? Когда?

– Примерно час назад.

– Час…

Алекс пришел в себя? И успел позвонить?

– Алиса, – подбирая и растягивая слова, заговорил после паузы Артур, – вы, наверно, подумали, что со мной говорил Леша, который… нет, он все еще в коме, к сожалению, только что сообщили в новостях. Со мной говорил Леша, который… ну, вы понимаете…

– Да… – пробормотала Эйлис.

– Алиса, мы с Лешей много лет знакомы, много лет работали вместе, понимали друг друга с полуслова, даже, я бы сказал, с полумысли.

– Да…

– Вероятно, поэтому возникла… то есть нет, правильнее сказать проявилась, поскольку общая квантовая запутанность обеих вселенных возникла во время инфляции и распространилась на последующую эволюцию. Алиса, я хотел сказать, это самое замечательное открытие в области физики. Доказательство не только взаимодействия инфлирующих вселенных, но и квантовой природы сознания. Простите, Алиса, вы, наверно, не поняли…

– Я… понимаю. – Эйлис понимала слова, Алекс объяснял, но смысл ускользал, закружилась голова, и кто-то поддержал ее, легко, за локоть, не так, как недавно.

Артур продолжал говорить, но несколько фраз она пропустила, расслышала только:

– …можете им доверять, Алиса.

Связь прервалась.

Афроамериканец взял из ее руки телефон.

– Я заплачу за разговор, – пробормотала Эйлис.

– Ну что вы! – воскликнул он. – Вы миссис Гордон, верно? Доктор Бусыгин говорил недавно с Эрвином, поэтому мы здесь. Мое имя Дон Манкора. Я… мы работаем в группе…

Он сказал – в какой. Он точно сказал. Она видела, что он сказал, даже могла прочесть по губам, но не расслышала. Будто опустился прозрачный звуконепроницаемый занавес. И темнота. Захотелось пить. Сильно. Во рту пересохло. В висках застучали молотки. Кувалды. Взрывы.

«Только не упасть», – подумала Эйлис.

И, конечно, упала.

***

Гордон проснулся, и почти одновременно проснулся Алекс. Первым делом они посмотрели на экраны. Системы корабля – порядок. Системы жизнедеятельности – порядок. Корректирующий двигатель не включался, программа выведена из активного режима (наверняка поработал Амартия). Дневник: последними просыпались Амартия и Луи. Оба.

«Мы стали просыпаться парами, – подумал Алекс. – Это случайность, тенденция или уже закономерность?»

«Мне кажется, – подумал Чарли, – я начинаю лучше понимать себя, если ты представляешь, что я имею в виду».

– Представляю, – ответил Алекс, хотя мог и промолчать, они с Чарли сейчас понимали друг друга не только без слов, но и без необходимости додумать мысль до конца.

«Мозг приспосабливается…»

«…к новому режиму, да…»

«Эйлис…»

«Попробуем вдвоем».

«Эйлис! – позвали они. – Эйлис, милая, я люблю тебя».

Это была общая мысль или две разные?

Не получается. Декогеренция?.. Еще раз.

Нет.

В носовом иллюминаторе всплыла Энигма в полной фазе. Видимо, «Ника» находилась в самой далекой точке орбиты – планета выглядела пупырчатым апельсином, издалека темные точки-веснушки слились в подобия марсианских каналов на старых картах Ловелла, а еще были озера, точнее, неровные окружности, внутри которых цвет апельсина становился густым, будто краску положили в несколько слоев, и она загустела с неровностями и пупырышками.

Планета притягивала, отталкивала, и что-то еще с ней происходило, чего не видел глаз, не отмечали телескопы, не фиксировали гравидатчики. Что-то, заметное только интуиции, являющееся обычно в снах и никогда – наяву. Неопределимое, неназываемое.

«Не надо, – подумал Алекс, и Чарли сумел отвлечься от зрелища. – Если долго смотреть на Энигму…»

«Самогипноз».

«Возможно», – согласился Чарли.

«Попробуем еще раз».

Эйлис не было. То есть была, но не с ними. Сколько времени прошло на Земле?

«Часы не синхронизованы, – подумал Чарли. – Как проверить?»

«Мозг, возможно, сам синхронизует».

«Слишком слож…»

Мысль прервалась. Энигма, кабина, приборная панель, космос, реальность – все исчезло. Мрак продолжался долю секунды.

Они лежали и смотрели в белый потолок. Маленькая комната без окон. Кушетка. Два стула. Сюда ее привезли Дон, Эрвин и Джо, так они себя назвали. «Вы упали, миссис, вы просто вдруг упали. Наверно, нервное напряжение, это не сердце, миссис Гордон, но нужно, чтобы вас осмотрел врач». – «Не надо врача». – «Нужно, миссис Гордон, пожалуйста…»

«Алекс, Чарли… Как хорошо! Не уходите, мне страшно. Почему вы все время уходите?»

«Эйлис, милая, я здесь».

«Я здесь, Алиса».

«И нужно торопиться».

«Вы опять уйдете?»

«Неизвестно. Наверно. Да, но… Не теряй время».

«Алиса, ты звонила Бусыгину?»

«Да. Алекс, как ты понял?»

«Почувствовал».

«Эйлис, родная, что у тебя…»

Чарли хотел спросить, как она себя чувствует, понял бессмысленность вопроса – ничего уже не болело, даже голова была ясной – и мысленно рассмеялся, а Эйлис впервые за последние часы улыбнулась. Сама себе. Просто так.

Она оперлась на правую руку и села. Комната была маленькой, без окон. Она встала, пошла к двери, открыла… Не заперто.

Вышла не в коридор, а в другую комнату – больше и с двумя окнами. Чей-то кабинет: стол, компьютер, стеллажи во всю стену с книгами и дисками, белая доска. Такой кабинет был у Алекса в его московском офисе. Такие кабинеты были практически у любого физика-теоретика или математика в любом конце земного шара. Ни постеров на стенах, ни фотографий на столе. Только между стеллажами портрет Эйнштейна: знаменитая фотография с высунутым языком.

Эйлис подошла к окну: третий или четвертый этаж, улица, люди, машины… Напротив – длинное одноэтажное строение, будто… «Здание линейного ускорителя», – узнал Чарли. «Точно?» – «Уверен». – «В Центре Джонсона нет ускорителей», – заметил Алекс. – «Это Хиллкрест, двадцать километров от Хьюстона. Владение Теодора Марли». – «Марли? "Спейс Трек?"» – «Слышал о нем?» – «Конечно. В проекте "Вместе в космосе" не участвует, инвестирует в полет на Марс, строит сверхтяжелый носитель, а в прошлом году решил вкладывать деньги в фундаментальную физику. Основал два института – в Кливленде и Хиллкресте. У Марли два довольно крупных линейных ускорителя тяжелых ионов: Гросс убедил Марли, что его группа сумеет получить частицы темного вещества, разгоняя ионы технеция и рубидия. Я бывал в Хиллкресте. Два года назад – на конференции по темному веществу. Как раз состоялся пробный пуск ускорителя, результаты оказались предсказанными, темных частиц не обнаружили, да и не надеялись, работа долгая, все это понимали – Марли тоже. Он произнес речь. "Нобеля получите вы, а мне достанется слава", я это сам слышал».

Марли показался тогда Алексу человеком умным, расчетливым, но, в то же время, безбашенным. Как в нем уживались противоположности, было непонятно, и, возможно, именно поэтому в «империю Марли» тянулись талантливые люди.

Алекс тогда отверг предложение («Что вы имеете в Москве? А у меня сможете…»), интуиция подсказала, что нет, не нужно, будет дело интереснее. Так и произошло.

«Странно, – подумал Чарли. – Как люди Марли оказались в нужное время в нужном месте? Ты веришь в такую случайность?»

«При чем здесь случай? Я говорил с Артуром, он позвонил Казеллато, это физик, работает у Марли, мы оба его хорошо знаем…»

«Понял, – перебил Чарли. – Эйлис здесь, это главное».

Она слушала разговор любимых мужчин, будто шелест опадавших листьев в аллее городского сада. Разговор успокаивал, убаюкивал, ей захотелось спать, она испугалась этого ощущения и прижалась лбом к холодному стеклу, узнавая знакомые дома, потому что их узнал Алекс, и не узнавая, потому что была здесь впервые.

Слабый шорох показался ей ревом взлетавшего самолета, и она быстро обернулась, готовая сопротивляться. Вошли двое, она узнала обоих: Манкора (он переменил одежду, теперь на нем был темный твидовый костюм и белая рубашка с ярким галстуком) и второй, тот, кто был там, на улице.

Эйлис подумала, что Алекс или Чарли захотят говорить. Пожалуйста, попросила она. Погодите. Я сама.

Алекс недовольно спрятался за мыслью Чарли, а Чарли сказал: «Конечно, милая, ничего не бойся, мы здесь…» Ей показалось, что он хотел добавить что-то еще, но мысль свернулась клубочком и откатилась куда-то… наверно, в подсознание.

– Вам лучше, – не спросил, а констатировал Манкора, а его спутник расплылся в улыбке и представился:

– Эрвин Казеллато, работаю в группе Гросса.

Никогда бы не сказала. Наверно, мать – стопроцентная американка, скорее всего, ирландского происхождения. Дети часто больше похожи на мать, чем на отца.

О чем я думаю?

– Миссис Гордон, – заговорил Казеллато, – вы утверждаете, что ваш муж жив…

– Да!

– …мне звонил из Москвы коллега, Артур Бусыгин, он сказал то же самое. Не буду пересказывать наш разговор, там было больше физики, чем обыденных слов. Именно потому мы с Доном и доктором Карпом сразу отправились в Пасадену – и вовремя, чтобы успеть…

«Алекс, Чарли, что мне ответить?»

«Эйлис, милая, тебе сейчас лучше поспать»…

«Нет!»

«Да. И мне тоже. Алекс справится сам, мы только мешаем, мысли сбиваются»…

«Не хочу спать!»

«Эйлис!»

«Чарли, Алекс, пожалуйста»…

***

– Времени мало, господа, послушайте меня, не перебивая.

– Разговор записывается, миссис Гордон… то есть доктор Панягин… извините, никак не привыкну. Слушаем.

– Энигма не черная дыра, как мы все предполагали, а планета из темного вещества, находящаяся в другой вселенной, связанной с нашей квантовым запутыванием. Когда «Ника» после коррекции приблизилась к Энигме на расстояние, сравнимое с радиусом планеты, произошел переход…

– Туннелирование? – не удержался от реплики Казеллато.

– Возможно. Но я бы не стал утверждать. Эффект, безусловно, полностью квантовый, но энергетически вряд ли…

– Не будем спорить. Продолжайте, доктор Панягин.

– «Ника» сейчас… кстати, понятие одновременности надо будет обсудить отдельно… находится во вселенной, где Энигма – обычная планета, а Земля, Солнце и планеты Солнечной системы должны проявлять себя как темные тела, то есть исключительно своим гравитационным полем. Возникает серьезная проблема. Местное солнце я назвал звездой Волошина – надо же как-то его называть. Арсений Леонидович Волошин был моим школьным учителем физики. Если бы не он, я не стал бы физиком и, уж точно, не попал в программу «Вместе в космосе». Пусть будет звезда Волошина, хорошо?

Так вот, с ней проблема. По моей оценке, масса звезды – около трех масс Солнца. В Солнечной системе звезда Волошина, как и Энигма, должна была бы проявлять себя гравитационным полем. Однако ничего подобного нет и никогда не было! Влияние такого массивного тела на движение планет и Солнца было бы определяющим. Солнечная система была бы двойной – с одной видимой звездой (Солнцем) и одной невидимой (звездой Волошина), причем центр масс находился бы ближе к звезде Волошина, чем к Солнцу, а орбиты планет невозможно было бы предсказать. В общем, вы понимаете…

Единственная, на мой взгляд, приемлемая гипотеза: звезда Волошина проявляет себя как темное тело не в нашей Вселенной, а в какой-то третьей. В третьей! В мире, где Энигмы нет вообще! То же самое, видимо, можно сказать о любом небесном теле в любой вселенной. Солнце, по идее, должно быть здесь темной звездой. Возможно, Энигма обращается не вокруг звезды Волошина, а вокруг невидимого здесь нашего Солнца. Очень сложная картина взаимодействия вселенных.

– Каскад темного вещества?

– Можно назвать и так. Проблема в том, что мы не можем рассчитать орбиту «Ники» – нет ни компьютерных мощностей, ни программ, ни возможности такие программы составить. На Земле это возможно, но вам для расчетов нужны хотя бы приблизительные данные о массах и расстояниях.

– Доктор Панягин, чем поможет расчет траектории? Вы понимаете, что…

– …Что нам отсюда не выбраться при любой траектории? Да, но есть лазейка… Какая-нибудь планета Солнечной системы – может, даже Земля, – наверно, проявляет себя здесь как темное тело. Аналогично Энигме, понимаете? И если нам удастся такую планету обнаружить, рассчитать – с помощью компьютеров на Земле – орбиту и импульс коррекционного двигателя… Вторую коррекцию мы сделать не сможем, не хватит рабочего тела. Но при правильном выборе траектории можем повторить маневр, который «Ника» совершила, приближаясь к Энигме. И тогда…

Пауза.

– Вероятность положительного исхода мала, но другого шанса вернуться просто нет.

Пауза.

– Доктор Казеллато, Энигму наблюдали после того, как?..

– Конечно. После… мм… исчезновения «Ники» решили, что корабль…

– Разрушился. Да, я знаю. Эйлис была на пресс-конференции, где Гордона официально объявили погибшим.

– Ох… Они поторопились…

– Не будем это обсуждать, хорошо?

– Да. Сейчас Энигма приближается к орбите Венеры и пересечет ее через двенадцать дней. Логически рассуждая, темная планета, которую вы надеетесь обнаружить, с большой вероятностью окажется именно Венерой. Но… Вы понимаете, доктор Панягин, что, даже если вам удастся обнаружить темную планету, то, по вашей же гипотезе каскадных вселенных, ее материальный образ может оказаться вовсе не Венерой и вовсе не в Солнечной системе, а в где-то в третьей или даже двадцать третьей вселенной.

— Но что еще можно сделать? Риски огромны, и вероятность благополучного исхода минимальна. Но это единственный выход.

— И еще… Простите, что добавляю проблем, но нужно, чтобы мы полностью понимали друг друга. Даже если все получится — вы обнаружите темную планету, сумеете передать через миссис Гордон исходные данные для расчетов, а мы вам — результаты… Честно говоря, я плохо представляю, как можно устно сообщить результат вычислений, чтобы этого было достаточно для перепрограммирования компьютера на «Нике». Впрочем, я не специалист в этих делах. Но допустим. Однако, даже вернувшись в Солнечную систему, вы окажетесь вблизи не Земли, а, скорее всего, Венеры.

— Безусловно. Рад, что вы понимаете ситуацию.

Пауза.

— Система жизнеобеспечения «Биона» откажет через год, верно?

— Это максимальный срок. Никто не предполагал, что понадобится… Год я протяну. Надеюсь.

— Простите, вы…

— Я Гордон. Вы сейчас говорили с Алексом? Он объяснил про квантовую запутанность, орбиту?..

— О! Здравствуйте, Гордон. Вы так неожиданно…

— Это всегда неожиданно. Алекс предупредил, что контакт может прерваться, если проснется Амартия или Луи? Или Джек? Связь возможна только для запутанных квантовых состояний, а…

— Да-да, доктор Панягин сказал. Как вы себя чувствуете, Гордон?

— Об этом вы могли спросить и Алекса. Хорошо себя чувствую. Я… Мы стараемся вести себя так, будто выполняем штатную программу.

— Доктор Панягин сказал, что вы можете… ну, попытаться обнаружить темное тело, аналогично тому, как была открыта Энигма. Можно рассчитать относительное расположение Энигмы и Венеры в каждый момент, результат сообщить вам и…

— Действительно! Я… То есть ни Алекс, ни Амартия об этом, видимо, не подумали. А может, подумали, а я просто не знаю. Сколько времени нужно для расчета?

— Не могу сказать точно, Гордон. Мы физики. Постараюсь все разузнать.

— Я попробую передать… Прочитаю показания гравитационных детекторов. К сожалению, не могу передать изображения Энигмы и звезды Волошина. Относительно Энигмы могу сообщить данные о некоторых характеристиках: альбедо, яркость отдельных участков… температуру отраженного излучения… Приблизительно — температуру излучения звезды.

— Сколько?

— Что? А… Восемь тысяч двести градусов. Это соответствует…

— Класс А восемь, масса от трех до пяти солнечных. Если, конечно, в вашей вселенной законы физики…

— Если бы здесь были другие законы физики, мы сейчас с вами не разговаривали бы.

— Верно. Диктуйте показания гравитометров.

— Анализатор А. Левая панель. Сверху вниз. Тысяча шестьсот

тридцать два, девятьсот пятьдесят три, шестьсот…

9 ЭКИПАЖ

Луи проснулся и первым делом посмотрел на датчики жизнедеятельности. Голову будто сдавило обручем. Похоже, поднялось давление. Нет, не давление. Давление в норме… почти. Сто тридцать на восемьдесят пять. Надо провести более серьезное обследование, хотя…

Обруч ослаб – видимо, сказалась смена субличностей. Он всегда говорил, что даже запланированные изменения сознания не могут проходить даром для мозговой деятельности, и со временем это скажется непредсказуемым образом. Многочисленные исследования, в которых и Луи участвовал – особенно в связи с программой «Вместе в космосе» – не обнаружили проблем, связанных непосредственно со сменой субличностей. Процесс практически мгновенный, мозговая активность в течение нескольких миллисекунд существенно меняется, изменения происходят одновременно в десятках областей от таламуса до неокортекса. Сотни статей на эту тему опубликованы, в трех десятках Луи был соавтором. В экипаж его потому и пригласили: он уверен был, что расстройство идентичности – не болезнь, а нормальная для определенного типа личности жизненная линия.

Обруч разжался, на лбу выступило несколько капель пота.

Кто сейчас был, кто уснул? На открытой странице дневника

новых записей не было. Никаких отметок в течение последних трех с половиной часов, а до того два часа бодрствовал Амартия и зафиксировал орбитальные данные, которые Луи мало о чем говорили. Орбита стабильная, эксцентриситет ноль точка девять один плюс минус ноль точка ноль три, почти парабола, остальные числа непонятны.

Почему отсутствуют последние записи? Кому-то есть что скрывать? Что? Почему? Джек? Чарли? Алекс? Скорее всего — Алекс. Луи не нравился Алекс. Самому-то себе можно признаться. Не нравился с самого начала. Сноб. Амартия, Чарли и Джек совсем другие. А Алекс себе на уме. Луи понимал, что это впечатление ни на чем реальном не основано, просто интуиция, а интуицию он ценил — в отношениях с людьми она редко его подводила. Бывало, он и диагнозы ставил, полагаясь исключительно на интуицию — с одного только взгляда на пациента, с первого же слова, сказанного во время приема или обследования. О его интуиции ходили легенды в клинике «Морешаль», и не только там.

Что мог натворить Алекс, если даже следов своей деятельности не оставил?

Луи почувствовал голод. Оттолкнулся привычным движением и поплыл в сторону «камбуза». Можно было, конечно, съесть пищевую капсулу, которых много в створе под сиденьем, но ему захотелось чего-нибудь более приятного на вкус. Есть курица, говяжья отбивная, рыбное филе… Меню Луи знал наизусть — обычно, если завтрак, обед или ужин приходились на его «вахту», он брал овощной салат. Обожал. Потом куриное филе.

На «камбузе» Луи прицепил пояс к барной стойке, зафиксировался, открыл нижний ярус «оператора меню», протянул руку, чтобы вытащить тубу с салатом…

И тут его достало. Сначала он не понял, что происходит. От ног к голове прошла волна тепла – будто от горевшего рядом костра. Он не успел испугаться, как в висках застучали молоточки: там, где тепло сконцентрировалось и обратилось в свою противоположность – лютый холод, будто к вискам приложили льдинки… нет, погрузили в жидкий азот. Будто два отбойных молотка сдирали с висков кожу и холодили, холодили…

Луи сжал виски руками, туба с салатом поплыла в сторону грузового отсека. Медленно плыла, вращаясь, и каждый оборот вызывал удар отбойных молотков в висках. Виски были теплыми под пальцами, и Луи наконец стало страшно. Он никогда прежде не сталкивался с подобными симптомами. Интуиция молчала. Нет – вопила, угрожала: спасайся, опасность, спасайся, уходи…

Куда?

Туба ударилась о стену и поплыла обратно, прямо, как показалось Луи, ему в лицо. А он не мог пошевелиться, даже головой дернуть, его парализовало, он ощущал только смертный холод в теплых висках и обездвиживающий страх.

Туба плыла, замедляя движение и будто даже подправляя траекторию, чтобы вернее угодить в глаз. Луи показалось, что взглядом он заставлял проклятую штуку перемещаться так, как ему хотелось. Хотелось? Он не хотел! И в то же время понимал, что да, хочет, чтобы случилось непоправимое, чтобы он, наконец, понял, каково лежать недвижимо, ничего не видя, не слыша, не ощущая, только собственные тягучие мысли, которые никогда не прервутся, потому что ничего, кроме мыслей, тягучих, бессмысленных, в нем не осталось, и он умрет один, и почему ты должен жить, а я умереть, мы так не договаривались, мы вообще не договаривались, что со мной произойдет такое, а это случилось, но ты еще жив, а я уже реально мертв, а ведь мы одно с тобой целое, ты не можешь так меня оставить, не можешь, зачем тебе жить, если я умираю тут, мы можем, должны, обязаны быть вместе…

…останови тубу! Я не могу…

…у тебя еще есть топливо, и ты можешь направить корабль к планете, врезаться в ее жухлую, рыжую, противную морду…

…останови тубу, она мне глаз выколет…

…сделай это, и мы опять будем вместе. Не в этом мире, и не в твоем, а там, где мы только и сможем снова стать единым целым…

…меня… ты – это я… Останови тубу… пожалуйста…

…конечно, ты – это я, я люблю тебя, я люблю себя, это одно и то же, ты знаешь, что нужно сделать, чтобы нам соединиться, направь корабль в планету, у тебя топлива осталось только на этот маневр… последний…

…я не понимаю в навигации…

…не лги себе, меня тренировали… нас… на случай, если кто-то…

…да, и что? Ты знаешь, что я знаю, как и когда нажать несколько клавиш, но…

…сделай это, и мы опять будем вместе…

…я не могу убить его…

…Гордона? Он – ты, и значит, он – также и я. Все равно вам… нам… не вернуться… ты понимаешь… я понимаю… все понимают… ну же…

…я не могу двигаться, а туба… господи, еще секунда…

…ты сделаешь это…

…Да! Да! Останови…

Он смог двинуть рукой и перехватил тубу, которая была уже в сантиметре от правого глаза. Выступили слезы, мешали видеть, он тряхнул головой, и ему показалось, что капли слез веером разлетелись по кабине. Он оттолкнулся от поручня и поплыл. Конечно, Луи знал, какие клавиши нажать и какие тумблеры перевести в положение «on», чтобы коррекционный двигатель включился и отработал. И тогда «Ника» воткнется в рыжую пустыню, где никогда не было жизни и никогда не будет. «Ника» даже не упадет. Скорее всего, сгорит в плотной атмосфере Энигмы, так глупо, бессмысленно подвернувшейся им вместо черной дыры. Другая вселенная – все равно что тот свет, и звезда все равно что ярость божественного гнева, я никогда не мог решить для себя, есть ли Бог, вообще-то мне было все равно, но сейчас я вижу его, я хочу к нему…

…оставь Бога в покое, он есть или его нет – существует мир, где мы сможем быть вместе… ну же, импульс… нет, сначала разворот… мы знаем, как это делается… теперь двигатель на полную мощность… да какая там мощность при… неважно… топлива на семь минут… пяти хватит… семь – с запасом…

…ох!

Он не пристегнулся, и его понесло, закручивая, к правому иллюминатору, он крепко приложился лбом, искры из глаз, но не успел – в последний раз – испугаться.

Спать. Очень хочется спать.

Сейчас? Вечным сном…

…мы опять будем вместе… да… думаешь, получилось?… давай надеяться…

Спать…

***

Чедвик проснулся и первым делом захотел посмотреть на приборную панель – оценить состояние систем корабля. Увидел он, однако, прямо перед глазами, будто в трехмерном кино, проплывавшую мимо рыжую пустыню с веснушками, которые вблизи выглядели совсем иначе, чем с высокой орбиты: это были деревья или что-то очень похожее – ствол, ветви, так выглядит клен зимой, оставшись без листьев, тоскливый, дожидающийся нового тепла…

Тепла? Уже тепло. Даже жарко. Пот выступил на лбу, майка на спине мокрая… и что это значит?

Деревья? Сверху деревья должны выглядеть иначе, а тут… Лежащие деревья, странные образования…

Джек ухватился за поручень, его неумолимо поворачивало вокруг оси, влекло еще и вперед, прижимало к носовому иллюминатору, нужно упереться ногами…

Наступила невесомость, и, ударив по инерции пяткой о стену, Джек отпустил поручень и поплыл по кабине, переворачиваясь и пытаясь ухватиться за что-нибудь, лишь бы остановить движение. Что, черт возьми, произошло, когда его не было? Кто, черт возьми, только что бодрствовал?

Ухватился обеими руками за спинку кресла, пяткой уперся в потолок, перевернулся и мягко опустился, накинул ремень и посмотрел, наконец, на верхнюю линию указателей. Электрические системы – норма. Гидравлические системы: норма. Давление в кабине и подсобных помещениях: норма. Компьютер и две резервные системы: норма. Норма… Норма… Хорошо. Корабль в порядке.

Кроме…

Группа красных индексов среди множества зеленых. Джек сразу обратил внимание, но сначала прошелся взглядом по прочим показателям, поскольку, если все в порядке, то красные сигналы означали, скорее всего, не реальное отсутствие рабочего тела, а баг в системе регистрации данных. В баках нет рабочего тела? Чепуха. Топливо расходуется во время работы коррекционного двигателя, но никто же не…

Да?

Второй ряд датчиков и указателей. С третьего по пятый. Состояние двигателя коррекции. Зеленый цвет. Двигатель в порядке. Подача топлива… Форсунки… Фиксация угловых смещений направления выброса… Нормально.

Хорошо. Надо разобраться, почему датчик рабочего тела вышел из строя.

И почему он проснулся, упершись лбом в носовой иллюминатор. И почему на него действовала сила, которой в инерционном движении не могло быть. И почему Энигма исчезла из носового иллюминатора: корабль вращался вдоль продольной оси (норма), но ось была направлена не перпендикулярно поверхности планеты, а вдоль, будто «Нику» сориентировали для маневра по изменению скорости орбитального движения. В астродинамике Джек разбирался хуже Амартии, но достаточно, чтобы сделать вывод. Он и сделал – в первую секунду после пробуждения. В ту секунду, когда боковым зрением увидел мигавшие красные точки. Вывод был настолько нелепым, точнее – страшным, еще точнее – окончательно ужасным, что Джек отогнал мысль в дальний угол сознания, наступил на нее, вытер об нее ноги... и наконец принял, как единственно возможное объяснение всему, что ощутил, увидел и осознал.

Кто-то (кто?), вопреки логике, здравому смыслу и прямым инструкциям, включил коррекционный двигатель, обойдя систему блокировки и сориентировав корабль, чтобы импульс затормозил орбитальное движение. Двигатель отработал штатно, полностью использовав оставшееся рабочее тело.

«Именно тогда я проснулся».

Именно тогда. Двигатель работал еще несколько секунд, что Джек ощутил собственным лбом. Высотомер, заново отградуированный Амартией в одно из последних его пробуждений (операция записана в журнале), показывал восемьдесят тысяч километров. Число менялось очень медленно – пока Джек смотрел на указатель, высота уменьшилась на полсотни метров. Практически круговая орбита.

Зачем?

Джек наклонился над экраном с последней дневниковой записью. Луи. Причем отметился он только один раз – проснувшись. О чем он думал? Что делал?

Получается: Луи решил, не посоветовавшись (да и как он мог?), изменить орбиту «Ники», потратив на маневр все оставшееся топливо.

Все. Оставшееся.

Джек давно (увидев боковым зрением красный цвет) понял, что произошло и что теперь будет. Но только сейчас, убедившись в правильности показаний и штатном состоянии всех систем корабля, впустил в сознание простую мысль, ставящую точку. Точку в экспедиции. Точку в жизни.

Джек сидел в кресле, смотрел на проплывавшую в левом иллюминаторе рыжую тарелку и вспоминал свою жизнь. Как он, оставшись дома один всего на полчаса (было ему четыре года, а мама ушла в магазин), разрисовал фломастерами все стены во всех трех комнатах, кроме спальни родителей, запертой на ключ. Рисовал быстро, понимая, что, вернувшись, мама его накажет, но у него не было сил сопротивляться внутреннему импульсу. Он должен был нарисовать. Ракеты, ракеты, ракеты, ракеты-роботы, ракеты-киборги, обычные ракеты вроде «Сатурна». Отделяющиеся части и запускаемые спутники его не интересовали: только ракеты. Вернувшись и перед тем, как отругать сына, миссис Чедвик сначала пересчитала нарисованные ракеты, их оказалось тридцать две в трех комнатах, на кухне и в коридоре.

Джек был готов к наказанию, он его заслужил и прекрасно это понимал. Подошел к матери, стоявшей, опустив руки, перед корявым изображением стартового стола с трехступенчатым тяжелым носителем, уткнулся ей в колени, заплакал — не для того, чтобы уменьшить слезами степень наказания, а для того лишь, чтобы мама поняла: он знает, что наказание неизбежно. Неожиданно для Джека, мама погладила его по голове, наклонилась, поцеловала в щеку и сказала:

— Не будем смывать до прихода папы, согласен? Пусть папа посмотрит. Наверно, ты не все нарисовал правильно, папа покажет, где ты ошибся.

У него сразу высохли слезы. Отец возвращался поздно, он

работал на космодроме, где Джек ни разу не был, даже не просился – знал, что нельзя, папа только рассердится на его просьбу и огорчится, что не может ее выполнить. О ракетах, на которых папа летал, Джек думал еще тогда, когда, как ему казалось, не мог думать вообще. Он ждал наказания и был к нему готов, а к словам, что сказала мама, он готов не был и, не зная как реагировать, сильнее прижался к маминым коленям, уткнулся носом и хотел так стоять до прихода отца.

Странно, но Джек совсем не помнил, что сказал отец. Много раз, став взрослым, пытался вытащить из памяти: открывается дверь, входит папа, видит… Не вспоминалось.

А сейчас вспомнил. Ну как же! Как он мог забыть? Открылась дверь, вошел отец, уставший после тренировок, поцеловал маму, наклонился, дотронулся холодными губами до макушки Джека, снял туфли, надел тапочки… Почему-то сейчас Джек вспомнил мельчайшие детали, вспомнил даже, что, хотя наступил вечер, свет в прихожей не включили, и в полумраке отец, наверно, еще не разглядел разрисованных стен.

Потом, конечно, увидел. Долго стоял, рассматривая наивные детские изображения, мама начала говорить, что ничего, мол, все можно закрасить, Джек просто не подумал, не нужно его очень сильно наказывать, хотя, конечно, наказать надо… Отец нетерпеливо отмахнулся, подозвал сына (Джек подошел, прикрывая голову руками – ожидал подзатыльника) и, обняв его за плечи, сказал так тихо, что Джек не расслышал. Тогда. А сейчас, вспомнив, услышал голос отца и слова, им сказанные – будто самому себе, а на самом деле сыну, услышавшему их и понявшему много лет спустя:

«Ты полетишь в космос, Джек, одна из этих ракет унесет тебя

туда, где человек может быть счастлив».

Джек подумал, что эти слова, скорее всего, всплыли не из реальной памяти, а из его собственного подсознания. Он их сам себе тогда сказал.

И сейчас ощущал прилив внутренних сил, будто Бог коснулся его своей десницей, будто наступил в его жизни самый важный момент – состояние, которое Амартия назвал бы нирваной, когда познаешь Истину, смысл жизни и всего на свете и понимаешь, что познанным невозможно поделиться, нет таких слов ни на одном человеческом языке. Истинное знание – это ощущение, завершающее жизненный цикл, и сейчас Джек знал, зачем пришел в мир, какую миссию в нем выполнил, и готов был уйти, потому что после выполнения миссии жизнь не имела ни смысла, ни назначения, ни необходимости.

Разве? – подумал он. Мысль уходила, терялась, расплывалась, конденсировалась и испарялась, он больше ничего не видел и слышать перестал тоже, только чувствовал и не мог определить, в каком мире находится, и находится ли в каком-то мире вообще.

Я не хочу, – подумал он. Нет. Эта мысль, подобно каплям кислоты, падала в океан нирваны, разъедала его, создавала воронку, куда падали, не смешиваясь, другие мысли. В отличие от нирваны и познанной Истины, мысли были точечно-определенными, Джек ловил их языком и глотал, во рту они растекались солоноватым раствором. Странно… Он думал, но, как ему казалось, не мозгом, а языком, деснами, губами.

Он говорил с собой. Понял в какой-то момент, что их двое. Джек и Джек. Я и еще Я. Он отделил себя от себя, и реальность вернулась: он сидел в кресле, вцепившись обеими руками в подлокотники, у него болела голова, в ушах звенело, сердце колотилось, а Истина, которую он постиг… не он… нет, он, конечно. Тот он, который лежал на Земле, в другой вселенной, подключенный к аппаратуре искусственной вентиляции легких, тот он, кто в коме, постиг то, что невозможно постичь, изучая жизнь, людей, науку, время, вечность…

Не хочу, – отказался Джек от самого себя и самого себя обретя.

Не хочу, – повторил он мысленно, а потом еще несколько раз вслух. Звуки отразились от стен кабины и вернулись к нему словами отца. На этот раз не придуманными памятью, а теми, что отец действительно произнес, память сохранила в своих секретных архивах, а сейчас открыла.

«Когда-нибудь, Джек, – сказал отец так тихо, что услышать его можно было не ушами, а только детской интуицией, – когда-нибудь, Джек, одна из этих ракет унесет тебя в такую даль, которой нет названия. И весь мир будет ждать твоего возвращения, как ждут второго пришествия Спасителя».

Вся длинная фраза уместилась в одно сказанное отцом слово, и слово было: «Люблю».

Джек наклонился, чтобы лучше рассмотреть боковые иллюминаторы. Другой Джек исчез, его больше не было, и голова стала ясной, зрение – острым, слух – нормальным.

Черное небо и редкие на нем звезды, собравшиеся в неизвестные Джеку созвездия. Звезды, которая была в этом мире Солнцем, тоже видно не было.

Определенно Джек знал только три вещи. Первое: он жив и чувствует себя нормально. Второе: «Ника» жива, и все системы работают штатно. И третье: рабочего тела нет, маневрировать корабль не может, и орбита, на которую вышла «Ника», — финальная. Путь в никуда.

Куда-то. Только не домой.

Захотелось спать, но спать сейчас было нельзя. Он заснет — придет кто-то, не разбирающийся в системах «Ники» так, как он. Сейчас главное — сохранить корабль. Сохранить корабль — сохранить жизнь. Остальное вторично. Он не должен спать. Не должен уйти.

Он не знал, как сопротивляться сну. В программу тренировок такая возможность не входила. Наверно, ее не существовало. Психологи не говорили, что при расстройстве идентичности одна субличность могла сопротивляться появлению другой. А он должен. Пусть проснется Луи. Пусть он проснется. Я скажу все, что о нем думаю. И пусть проснется Чарли — в конце-то концов, это его тело, он должен выжить…

Спать…

Нет!

Спать…

10 ЭЙЛИС

Эйлис проснулась, как ей показалось, очень поздно. Видимо, поздно заснула. Ходила с Чарли вечером в паб? Слишком много выпила? Она давно ограничивалась единственной рюмкой — после того, как вышла за Чарли, почти не пила, даже когда они ссорились. И по утрам давно не случалось такого, чтобы она, проснувшись, не могла понять где находится. И чтобы болела голова. И сухость во рту.

Эйлис полежала минуту или час – с восприятием времени по утрам всегда были проблемы. Просыпалась, смотрела на часы – рано, можно подремать, закрывала на пару минут глаза, а оказывалось, что прошел час, и надо быстро собираться: Чарли уехал на работу, негодник, не разбудил, пожалел, после вечера, проведенного в…

Какого вечера?

Эйлис приподнялась на локте. Комната была ей не знакома. Телевизор на стене, аквариум в простенке между окнами. У них с Чарли никогда не было аквариума, муж не любил рыбок, хотел завести кота, но у Эйлис была аллергия на кошачью шерсть, и она повесила в гостиной большой кошачий постер – нарисованные коты не заменяли настоящих, но все же, если долго смотреть, выглядели живыми и готовыми на проказы.

На противоположной стене – что-то вроде стенда с развешанными на нем странными предметами, которые, когда Эйлис пригляделась, оказались курительными трубками разных форм и цветов. Самую большую мог сунуть в рот разве что Гаргантюа.

О чем она вообще думает? Гаргантюа? Трубки?

Эйлис вспомнила, наконец, вчерашний день, кошмарный, долгий, перебиваемый приходами Чарли и Алекса и дырами в памяти. Что Алекс с Чарли говорили и кому, когда она была в отключке, Эйлис не знала. Когда она заснула по-настоящему? Как оказалась в этой постели? В чьей? Комната была мужской, женского присутствия, даже запаха женщины Эйлис не ощущала.

Она откинула одеяло – серое, шерстяное, будто в армейской

казарме, где она никогда не была, но представляла солдатское одеяло именно таким – теплым, но серым и унылым. Опустила ноги на пол и нашарила тапочки, не свои, большие, но других не было. Спала Эйлис в одежде. Раздевать ее не стали – джентльмены, хорошо хоть так. Платье помялось, выглядело тряпкой, на улицу в нем не пойдешь, придется прогладить, а лучше кинуть в стиральную машину и надеть другое…

Какое другое?

Открылась дверь, и Эйлис нырнула под одеяло, будто в панцирь, где можно чувствовать себя хоть как-то защищенной. Вошел мужчина – один из трех вчерашних. Остановился у двери. Как его… Она вспомнила: Манкора. Дон Манкора.

– Доброе утро, миссис Гордон, – улыбнулся Манкора. Приятная улыбка, не лицемерная. Почти у всех мужчин улыбка лицемерная, даже если им кажется, что они улыбаются искренне. Улыбаясь, они думают о своем, и это видно сразу. Дон улыбался просто так. От хорошего настроения.

– Не беспокойтесь, все хорошо.

– Где я? – Голос дрожал, или ей показалось?

– Вы у меня дома, – объяснил Дон. – Эрвин… доктор Казеллато предлагал устроить вас в отель, там тоже безопасно, но мы с Джоном… доктором Карпом решили, что у меня будет спокойнее. И разговаривать с Гордоном и Панягиным удобнее здесь – во всяком случае, пока. У меня полный терминал, рабочая станция, с информацией проблем нет, шеф тоже отслеживает на своем компьютере.

– Шеф?

– Тедди Марли. Вы… не помните?

Она откинула одеяло и села. Манкора шагнул в комнату,

придвинул к дивану (Эйлис только сейчас поняла, что провела ночь на диване с низкой спинкой) стул, стоявший у небольшого столика, на котором аккуратно лежали книги – большие, толстые, наверно, справочники.

– Эрвин скоро приедет, – пояснил Манкора, – а я пока расскажу то, что вы, скорее всего, знать не можете, потому что…

Он пожевал губами, подыскивая правильную фразу.

– Потому что меня не было, – спокойно сказала Эйлис. Она действительно чувствовала себя сейчас спокойно и, если не уверенно, то только из-за помятой одежды и своего непрезентабельного вида. И еще она не могла нащупать ногами туфли, а тапочки были ей велики.

– Алекс вам рассказал про квантовую запутанность? Он прекрасно объясняет, верно? И с Чарли вы поговорили? Вы… – она испугалась, вспомнив Штрауса и того физика, Ковнера. Испуг ее был неоправданным, Эйлис понимала, и Дон понял, улыбаться перестал, смотрел серьезно, с участием.

– Да, – кивнул он. – Мы очень плодотворно все обсудили с Гордоном и Панягиным.

– Пожалуйста, – губы у Эйлис задрожали, испуг сменился другим страхом – неожиданным страхом одиночества, – пожалуйста, скажите, Чарли… он…

– Безусловно, жив, – твердо произнес Манкора, и Эйлис не различила в его голосе фальши.

– А Алекс? Я хочу сказать…

Она не могла подобрать правильных слов.

– Алексей Панягин, оставшийся на Земле? Вы о нем спрашиваете или о…

Манкора тоже не сразу находил нужные фразы.

– Здесь. Вы ведь не с ним разговаривали, а с тем, кто…

– На корабле, да.

– А здесь…

– Я знаю только то, что сообщали в хронике, – вздохнул Дон. – Прямых контактов с НАСА нет, мы для них конкуренты, а когда Тедди отказался участвовать в проекте, отношения и вовсе испортились.

Почему он тянет? Пусть говорит скорее – в любое мгновение могут прийти Алекс или Чарли, она опять потеряет себя и не будет знать… Говорите же!

– Все четверо… мм… к сожалению, все еще в коме.

– Но они живы?

Скажите «да»!

– Да. Во всяком случае, были живы несколько часов назад. Миссис Гордон, пока с нами вы, а не… вы понимаете… могу я задать вам несколько вопросов?

– Конечно.

– Что вы чувствуете, когда разговариваете с нами от лица… гм… Гордона? Или Панягина?

– Ничего, – с сожалением сказала Эйлис и расплакалась. Она не хотела, чтобы Дон видел ее слезы, хотя никогда слез не стеснялась. Женщина плачет, если ей плохо, после слез легче смириться, легче простить, легче продолжать жить.

Манкора протянул Эйлис пару бумажных салфеток, она взяла одну, но руки не слушались, салфетка упала на пол, спланировала, как самолетное крыло. Крыло от разбившегося самолета, оно оторвалось, а самолет упал и сгорел…

Эйлис отчетливо представила эту картину, воображение у нее включалось отдельно от сознания, она ничего не могла с этим поделать. Вспомнила, как Чарли рассказывал: однажды, когда он еще не ушел из отряда астронавтов, летал с инструктором на тренировочном F-16, что-то случилось с двигателем, самолет стал падать, вошел в штопор, и Чарли – это было его последнее сознательное воспоминание – увидел, как от фюзеляжа отделилось правое крыло и унеслось вверх. На самом деле самолет падал камнем, а крыло планировало и отстало. Он услышал, а может, почувствовал, а может, и не услышал и не почувствовал приказ инструктора, а сам инстинктивно нажал на рычаг катапульты и больше ничего не помнил, хотя, как потом говорили, приземлился нормально и в полном сознании, доложил об аварии и по дороге на аэродром даже рассказывал в деталях о происшествии. Для Эйлис он, как сам признался, придумывал разные варианты – героические и не очень.

– Ощущение, – пробормотала Эйлис, – будто под наркозом. Все исчезает, и в то же мгновение возвращается, и оказывается, что прошло время… не знаю сколько.

– Понимаю, – кивнул Дон. – Мы говорили и с Гордоном, и с Панягиным. Обсудили с первым состояние корабля, «Ника» в порядке, насколько мы можем судить, не зная в деталях схем и спецификаций. С Панягиным обсудили квантово-механические проблемы, реальность закрепления запутанности. Честно говоря, я не очень верил и сейчас с трудом заставляю себя принять эту гипотезу, поскольку квантовая запутанность сохраняется лишь в строго изолированных системах. В лабораторных условиях такие системы приходится создавать с особой тщательностью при температурах, близких к абсолютному нулю и на очень короткое время. Есть эксперименты, где…

Манкора запнулся.

– Не думаю, что вам интересно… – смущенно проговорил он.

– Я знаю про запутанность, – Эйлис заставила себя улыбнуться.

– Вот как? – удивился Манкора. – Но вы только что сказали, что теряете сознание, когда…

– Да. Но Алекс говорил со мной. И Чарли. А вчера… или уже сегодня? Неважно. Они приходили вдвоем. Я слышала их. Обоих.

– Слышали? – напряженно переспросил Манкора. – В голове? Как у…

– Сумасшедших? Нет, я не сума…

– Никто, – перебил Дон, – этого не утверждает!

– Штраус и еще одна женщина… они уверены, что…

– Они ничего не понимают, – твердо сказал Манкора. - Штраус – отличный психолог, но в физике, тем более квантовой, не понимает ничего. Так вы говорите, миссис Гордон…

– Эйлис.

– Хорошо. Так вы говорите, Эйлис, что слышите голоса…

– Я не слышу голоса! Ощущение… не знаю, как объяснить… будто я думаю так, как думает Чарли, а потом – как думает Алекс, а потом – как сама, а потом мысли смешиваются, ну, знаете, когда думаешь о нескольких вещах сразу. Я читала, что мужчины не могут думать одновременно о разном, у них возникает когнитивный диссонанс, а женщина всегда думает о двух-трех вещах: нужно помыть посуду, и какую краску выбрать для волос, и в углу, кажется, пыль, нужно вытереть, и если сейчас же не выйти из дома, то опоздаешь, и Вангер, это наш начальник отдела, обязательно…

Эйлис запнулась. Отчего она так разговорилась?

– Очень интересно, – вежливо сказал Манкора. – То есть вы не слышите Гордона, а думаете его мыслями. Как вам удается понять, что это не ваши мысли?

– Ну как же!

Действительно, как? Она прекрасно понимала, когда с говорил Чарли, когда Алекс, когда оба, но объяснить, как это происходит, не могла. Голоса? Нет.

– Не знаю. Похоже на интуицию. Хотя… Нет, не знаю.

И что-то еще. Странное.

– Послушайте, – сказала Эйлис, – Сколько сейчас времени? Кажется, столько всего произошло… а я… то есть…

– А! – улыбнулся Дон. – Ощущение времени. Это очень индивидуально. Сейчас… – он достал из кармана телефон и взглянул на экран. – Восемнадцать тридцать две.

– Вечер! Мне показалось, утро.

– Вас удивляет, что вы не голодны, вам не хочется пить и, извините, в туалет.

Эйлис кивнула.

– Я вас удивлю еще больше, – Манкора продолжал улыбаться – не намеренно, как бывает, когда человек хочет удивить и прилагает к этому усилия. Улыбался он от всей души, потому что хотел, чтобы Эйлис сохранила присутствие духа – ей это понадобится, и он хотел помочь. – Сейчас вечер, но число не семнадцатое, когда вы оказались у нас.

– Не семнад…

– Девятнадцатое, миссис Гордон.

– Вы шутите?

– Нет.

– Вы хотите сказать, что все это время…

– Вы правильно поняли, – кивнул Манкора. – Гордон, но чаще Панягин, пару раз были оба, то есть осознавали обоюдное присутствие, если так можно выразиться. Гордон с аппетитом пообедал… кстати, сказал, что вы терпеть не можете цветную капусту и никогда ее не готовите.

– Ненавижу! – Эйлис вздрогнула. Она не ела цветную капусту из-за сильнейшей аллергии, а Чарли обожал.

– Гордон, – продолжал Манкора, – съел суп из цветной капусты и, к сожалению, только потом вспомнил о вашей аллергии. Он перепугался, ожидал аллергической реакции, и все мы тоже. Однако ничего не произошло. Понимаете, Эйлис?

Она покачала головой. Как он мог? Чарли. Забыть. Не подумать. Эйлис чуть не стошнило, она наклонилась вперед, перевела дыхание… Отпустило.

– Гордон пообедал, – продолжал Манкора после непродолжительного молчания, – а Панягин поужинал.

– Жареными колбасками и икрой из баклажанов, – немного придя в себя, вспомнила Эйлис. Подумала: «Странно. Почему я это помню?» Алекс не говорил, что любит кушанье, которого она никогда не пробовала и даже не видела. Что-то российское?

– Да, – кивнул Манкора. – Вам, конечно, известны гастрономические пристрастия Панягина.

– Нет! – воскликнула Эйлис и объяснила в ответ на удивленный взгляд Дона. – Мы о еде не говорили. Я… просто вспомнила.

– Очень интересно! – воскликнул Манкора. – Память вообще штука странная. Жаль, я не биолог. Вспомнили? Очень интересно.

Так я хочу сказать, что пообедал Гордон, поужинал Панягин, а совсем недавно, незадолго перед вашим… возвращением… кто-то из них выпил чашку чая с печеньем.

— Кто-то из них?

— Я не понял, кто именно. Он молчал, думал о чем-то своем, на вопросы только качал головой. Меня здесь не было, а Эрвин оставил вас в покое. Потом вы немного поспали и… вот.

У нее не было ни зубной щетки, ни пасты, ни ее любимой пижамы, она… как же…

Манкора, похоже, понял, о чем она подумала. Кашлянул и сказал:

— Все в порядке, миссис Гордон. Здесь все свои. Есть, — он вздохнул и поджал губы, — вещи более серьезные, о которых вы должны знать. Хотя… Может, и знаете? Не помните?

— О чем?

— Об орбите. О топливе.

Орбита? Топливо?

— Значит, нет, — кивнул Манкора и повторил: — Странная штука — память. Надо будет… — он оборвал фразу. — Вы должны знать, миссис Гордон. За сутки ситуация на борту очень изменилась.

— Он жив? — воскликнула Эйлис.

— Он? — поднял брови Манкора.

— Они, — поправилась Эйлис. — Все.

— Гордон жив. Значит — живы все.

Он помедлил и добавил слово, которое не должен был говорить. Ей — никогда. Почему сказал?

— Пока.

Все мы живы пока, — подумала Эйлис. Когда до нее дошел смысл фразы – испугалась. Если человеку предстоят долгие годы жизни, никто не скажет о нем: «Пока жив». Разве что в смысле: «Буду любить тебя, пока жив». Но это и так ясно: мертвые любить не умеют. Живые могут любить своих мертвых. Наоборот – не бывает. Чарли повторял ей «люблю тебя» не так часто, как ей хотелось. Что там «не так часто» – редко повторял, да и то, если она напрашивалась, и однажды, произнеся нужные ей слова, добавил с легкой улыбкой: «И всегда буду любить, ты знаешь». – «Ничего я не знаю! – воскликнула она. – Всегда – это сколько? Год? Три? Десять?» Чарли перестал улыбаться, прижал ее ладони к своим щекам и произнес: «Пока существует Вселенная». Ее этот ответ не устроил. Вселенная! Далекие раскаленные звезды, холодные планеты и черные дыры, куда можно провалиться и остаться навсегда. «Вселенная! – воскликнула она. – Зачем мне Вселенная?» Ей стало страшно – как сейчас, – и она прошептала, сама от себя таких слов не ожидая: «Ты мне нужен, только ты, понимаешь?» – «Да, – сказал он и поцеловал ей сначала левую ладонь, потом правую, а потом уткнулся носом ей в ухо и пробормотал: «Все в этом мире существует, пока мы живы. Когда нас нет – нет ничего. Вселенной нет тоже. Для меня "всегда" – пока мы с тобой живем на этом свете». Он что-то еще бормотал, она не запомнила.

Что значит: «Пока»?

– Что значит: пока жив?

Это она спросила, или Манкора задал вопрос ее голосом?

Ответить он не успел. Дверь открылась без стука. Казеллато пропустил вперед женщину, возраст которой Эйлис могла определить с точностью до нескольких месяцев, была у нее такая способность, удивлявшая Чарли, – определять возраст (только женщин!) с первого взгляда. Вошедшей, было шестьдесят три с хвостиком, хотя кто-нибудь другой дал бы ей не больше пятидесяти. Строгий мужской костюм стального цвета, с накладными плечами. Женщину Эйлис прежде не видела и имени не помнила. Странный этот парадокс занимал ее сознание не больше секунды – женщина, не думая представляться, спросила:

– Гордон? Панягин?

Манкора поспешил сгладить неловкую ситуацию:

– Миссис Гордон. Эйлис, это доктор Ванда Рудницки. математик.

Доктор Рудницки хмыкнула, Казеллато усмехнулся, оба, похоже, знали что-то, оставшееся для Эйлис за кадром.

– Сядем, – сказала доктор Рудницки, – и я не уверена, что миссис Гордон нужно знать числа.

– Нужно, – отрезал Манкора. Доктор Рудницки покачала головой и села на диванчик, не взглянув на Эйлис.

– Орбита нестабильна, – сказала она. – Корабль прошел перицентр на высоте тысячи семисот шестидесяти километров… Практически без атмосферного торможения, из чего следует, что наши ранние расчеты не оправдались – атмосфера Энигмы вовсе не такая плотная, как предполагалось. Кстати, Берг и его камарилья в полном недоумении. Я бы даже сказала – в простарции, видел бы ты их сейчас…

– Представляю, – буркнул Манкора. – Планета с массой Нептуна, с плотностью рыхлого камня, да еще и относительно разреженная атмосфера. Для планетолога – сущий ад. Дальше?

– Далее корабль – и тут расчет оказался адекватен – вышел на околозвездную параболу. Эксцентриситет единица точка ноль семь плюс минус ноль точка ноль три.

Доктор Рудницки, наконец, бросила на Эйлис взгляд, полный жалости, чего Эйлис ожидала меньше всего.

– Орбита, как я сказала, нестабильна и надолго, даже в пределах года-полутора, не просчитывается. Но, если принять последний пересчет за основу, то корабль пройдет периастр на расстоянии около четверти астрономической единицы, а как траектория пройдет дальше, сказать пока невозможно. Если в периастре корабль не…

– Это не имеет значения, – вставил Казеллато.

– О чем вы? – У Эйлис заболело в затылке, будто кто-то пытался воткнуть тупую иглу. Эцлис приложила к затылку ладонь, поморщилась, Манкора переглянулся с Казеллато, наклонился к Эйлис, спросил:

– Вы в порядке? Что…

– Да. Ничего.

Боль прошла так же неожиданно, как возникла.

– О чем вы говорили? – повторила она.

– Не уверена, – сказала доктор Рудницки, разглядывая свои ладони, – что миссис Гордон необходимо…

– А это, – неожиданно жестко отреагировал Манкора, – решаю я, верно?

Доктор Рудницки сцепила пальцы.

– Видите ли, миссис Гордон, – заговорила она будничным, равнодушным тоном, но Эйлис знала, что услышит плохую новость: таким точно тоном, не желая, видимо, вызвать слишком неадекватную реакцию, дядя Питер, когда Эйлис было одиннадцать лет, сообщил о смерти мамы. Мама умерла в больнице, Эйлис две недели не пускали к ней, не позволили попрощаться, оберегали, как потом сказал дядя Питер, но это было еще хуже, это было бесчеловечно, и сейчас у доктора Рудницки был такой же голос, и смотрела она на Эйлис, как тогда смотрел дядя Питер, но ей уже не одиннадцать…

– Видите ли, Эйлис… – то ли Ванда уже третий раз повторила эту фразу, то ли у Эйлис в сознании время свернулось в кольцо, и теперь это «видите ли…» будет повторяться безостановочно всю ее жизнь. Она не могла выдержать еще одного повторения и крикнула «Ну же!» А может, не крикнула, а подумала. А может, доктор Рудницки вовсе не талдычила одно и то же, а только запнулась.

– Кто-то, – прервал кольцо повторений Казеллато, – скорее всего, Амартия Сен, но точно пока не установлено, в дневнике нет отметки… В общем, неважно, кто именно… включил коррекционный двигатель на полный рабочий цикл, в результате все рабочее тело было израсходовано. Пройдя на самом близком к Энигме расстоянии, «Ника» вышла на околозвездную орбиту, но орбита нестабильна, и корабль, скорее всего уйдет в межзвездное пространство, где будет двигаться…

– Вечно, – сказала Эйлис. – Пока существует Вселенная.

Казеллато споткнулся на полуслове. Доктор Рудницки пожала плечами, пересела ближе к Эйлис и обняла ее за плечи. У Ванды были чужие руки, и, хотя Эйлис сама себе не могла объяснить, что это означает, она мысленно отодвинулась, и это, как ни странно, помогло: Ванда обняла ее, потому что хотела помочь, она не могла знать, что Эйлис с Чарли говорили о любви и Вселенной не потому, что Вселенная одна, да будь их хоть миллион, каждая была бы Большой Вселенной, потому что в каждой она была бы с Чарли…

И с Алексом?

На этот вопрос Эйлис тоже ответила. Еще когда «Ника» летела к Энигме, когда с Чарли на борту она изредка разговаривала по приватному каналу из Контрольного центра, а Алекс молчал, она все равно его ощущала, Алекс говорил с ней молча, и Эйлис понимала, что с ним она – в другой вселенной, той, что пишется со строчной буквы, но от этого не менее реальна. Во множестве вселенных Эйлис была с Алексом, любила Алекса, и там, не в мечтах ее, а в самой что ни на есть реальности, они с Алексом были неразлучны…

– Милая Эйлис, – тихо произнесла доктор Рудницки, – нам… – она запнулась, – нам всем нужна ваша помощь.

– Моя?

– Ваша, Эйлис, – голос Дона, руки Ванды. – И нужно принять решение быстро, пока кто-то из них не… – мгновенная запинка, – не пришел.

– Но я…

– Выслушайте, Эйлис. Только выслушайте. Чарли погибнет, потому что корабль неуправляем. Если бы рабочее тело не израсходовали, можно было поискать в системе звезды Волошина темное тело, принадлежащее нашей Вселенной. Там оно проявляло бы себя, как черная дыра планетной массы. Мы сделали кое-какие расчеты по данным, что сообщили Гордон и Панягин. Можно было бы напра…

– Я знаю, Дон.

– Сейчас такой возможности нет. «Ника» вышла на гиперболическую орбиту вокруг звезды и будет двигаться…

– Вечно. Пока существует Вселенная.

– В принципе, вечно, да.

– Они не вернутся. Алекс и Чарли.

Она впервые не только подумала, но произнесла вслух имя Алекса прежде, чем имя мужа.

Ванда еще крепче обняла Эйлис за плечи. Эйлис уткнулась лбом в ее плечо. Нужно было что-то сказать. Спросить. Но хотелось закрыть глаза и сидеть неподвижно, отгородившись от мира, в котором ей нечего было делать, некого ждать, незачем жить. Чарли погиб. Он еще жив, но его уже нет. Если сейчас уснуть, станет легче.

Спать. Как хочется спать.

– Ванда! Она уходит! Не успеваем!..

***

Алекс проснулся и сразу вспомнил последний разговор с Казеллато. Трудный разговор, надо было изложить свои соображения быстро, в любой момент он мог заснуть, а от Чарли сейчас никакого толка.

Бедная Эйлис…

Почему? Она ничего не знает о разговоре. В последний раз, когда им удалось пообщаться – ненормальное общение, разговариваешь будто с собой, себя спрашиваешь, себе отвечаешь, – Эйлис была напугана так, что ему не удалось ее успокоить. Женские слезы он не то чтобы не любил, он их не воспринимал, и совсем они выбивали его из колеи, когда плакал он сам, то есть Эйлис в его сознании. Это было невыносимо, страшно, и, хотя он понимал, что страх не его, навязанный, чужой, все равно это был страх, пересилить который он не мог. Разговора не получилось, и, уже понимая, что сейчас уйдет, а Эйлис останется одна, он сказал то, что не собирался сообшать. А он сказал, и Эйлис подумала его словами, обращенными к ней, и слова эти были единственно для нее возможными – как оказалось, она их ждала, их произносила сама, воображая, что сказал он, а когда он на самом деле сказал, не могла понять: то ли это продолжение ее собственных мыслей и желаний, то ли на самом деле Алекс, о котором она думала больше, чем о муже, произнес: «Эйлис, я люблю тебя, все будет хорошо».

Он не должен был так говорить, но он так думал, а удержать мысль – не то же, что удержать не сказанное слово.

В носовом иллюминаторе были видны две яркие звезды: оранжевая и красная. Будто Бетельгейзе и Антарес на земном небе. Конечно, светили и другие звезды, на телескопических изображениях их были десятки тысяч, но невооруженным глазом звезд не было видно, и казалось, что «Ника» стоит на обочине ночной дороги, а впереди горят аварийные огни припозднившейся машины. Может, спустило колесо, может, водитель устал, свернул на обочину, включил аварийку и решил вздремнуть.

Алекс заставил себя перевести взгляд сначала на левый экран, затем на правый, и, наконец, посмотрел вверх и вниз. Взгляд вперед успокаивал, слева чернота выглядела абсолютной и пугающей, справа ярко светила звезда Волошина, настолько чужая, что даже сквозь светофильтр выглядела огромным выпученным белым глазом дракона с черным зрачком. Зрачок был, скорее всего, проходившей по диску внутренней планетой. Судя по угловому размеру – планета тоже большая, возможно, не меньше Энигмы, и скорее всего, безатмосферная: черный круг имел резкие очертания, ничего похожего на ореол.

Интересное явление, надо будет позже посмотреть видеозапись и фотометрию. Впрочем, не так важно. Почему бы в этой системе не быть еще десятку планет? Когда Алекс просыпался в прошлый раз и вел трудный диалог с Казеллато, Энигма была гораздо ближе, а сейчас стала небольшим желто-серым кружком, «Ника» двигалась прочь от планеты, в пустоту... в вечную пустоту... в никуда.

Стоп.

Алекс закрыл иллюминаторы и, оставшись в привычной, до мельчайших подробностей знакомой кабине, ощутил острый, никогда прежде не испытанный приступ клаустрофобии. Он не успел испугаться – приступ прошел почти мгновенно, оставив после себя бросившиеся по сторонам мысли, которые пришлось собирать в кучку, вспомнить разговор и попытаться все же сделать выводы. Что-то придумать.

Нельзя расклеиваться.

Но сколько себе об этом ни говори, от понимания полной безнадежности бытия не уйти. Никуда.

Алекс увеличил яркость освещения в кабине, ему нужно было больше света, чтобы справиться с собственным – теперь точно собственным – страхом. Не безотчетным страхом Эйлис, а со страхом полного понимания ситуации.

Выхода нет.

Он сидел с Эрвином на диванчике в его комнате отдыха в его лаборатории в его институте в его городе в семнадцати милях от Хьюстона. На Земле. Господи, на Земле... Казеллато, замечательный физик, специалист по квантовым теориям поля. Старый знакомый – не лично, им ни разу не приходилось встречаться, но по многочисленным статьям, по переписке в

Интернете, по телефонным разговорам – смотрел на него со смущением, сбивался, ему нелегко было принять сознанием, что сидевшая рядом красивая молодая женщина обсуждает с ним непонятные ей проблемы. И голос… Он слышал, как она говорила, когда была собой. Голос стал более низким, не мужским, конечно, но чужим для Эйлис. Как ей удавалось произносить слова, которые она не смогла бы выговорить, будучи собой?

Неважно. Все сейчас было неважно, кроме этого разговора.

– Такую сложную суперпозицию я не сумею не только рассчитать, но даже составить уравнения, – сказал Казеллато, отведя взгляд и предпочтя смотреть на постер, висевший на противоположной стене: причудливая ткань труб, соединений, кабелей, магнитных опор – зал Большого Адронного коллайдера.

– Думаю, это вообще невозможно, поскольку, в частности, речь идет о суперпозиции квантовых систем, находящихся не в общем метрическом пространстве-времени. Звезда Волошина – темная звезда, но не в нашей Вселенной, а в какой-то третьей. И эта гипотеза решает проблему не только орбиты Энигмы в Солнечной системе, но и проблему межмировой квантовой запутанности. Вы помните мою статью в «Physical Review»?

– О запутанности пузырей в модели хаотической инфляции? Помню, конечно. А вы помните статью, где я приводил аргументы против этой гипотезы?

– Конечно. Не успел написать заметку с возражениями – меня позвали в проект, начались тренировки, физику пришлось оставить.

– И каковы ваши возражения? – с интересом спросил Казеллато.

– Вы решали линейные уравнения Шредингера!

– Естественно. На мой взгляд, добавление в классическое

уравнение нелинейных членов неоправданно. Именно классическое уравнение позволило справиться со всеми без исключения квантово-механическими проблемами. Добавление нелинейности…

— Никак на эти решения не влияет! Согласен. Нелинейное уравнение связывает квантовые процессы с сознанием наблюдателя, обладающего памятью.

— По этому поводу я хочу сказать…

— Пожалуйста, Эрвин, скажете потом, когда будет – если будет – больше времени для обсуждений. Давайте вернемся к многомировой запутанности, хотя идея вам не нравится.

— Хорошо, – согласился Казеллато.

— Я вам покажу кое-какие прикидки. Здесь есть доска?

Казеллато поднялся и церемонно подал Эйлис руку.

— Никак не привыкну, – уныло произнес он. – Вижу молодую красивую женщину…

Физик раздвинул шторки на стене, сделанные под цвет побелки. Под ними оказалась белая же доска с полустертыми следами прежних записей: формулы, числа, графики. Казеллато достал из ящика письменного стола пачку фломастеров, губку, вытер доску, продолжая говорить: – Одно дело – что-то прочитать по теме расстройства идентичности, и совсем другое – говорить с молодой красивой женщиной, ничего не понимающей в квантовой физике, о проблемах нелинейности уравнений Шредингера и квантовой запутанности вселенных. Послушайте, Алекс, наверно, это неприлично, но я спрошу. Как вы себя ощущаете… мм… в женском теле?

— Прекрасно, – отрезала Эйлис. – Пока вы об этом не сказали, я вообще не ощущал, что нахожусь не в своем теле. Субличности не испытывают неудобств, связанных с несоответствием образа и носителя. А что, это многих смущает? Не только вас?

– Конечно. Это непривычно.

– Давайте мы и об этом поговорим как-нибудь потом. – Эйлис взяла у Казеллато синий фломастер и уверенно написала длинную формулу, начав с верхнего левого угла доски. Казеллато смотрел, как зачарованный, тихо бормоча:

– Ну да… дельта фи, интеграл по пути, дельта пси, оператор состояния…

– Что вы бормочете? – раздраженно сказала Эйлис. – Вы следите за идеей?

– Да, – пришел в себя Казеллато. – А тензор Риччи зачем?

– Потому что тут… если проинтегрировать в гилбертовом пространстве…

Через полчаса Казеллато ходил по комнате из угла в угол, не обращая внимания на Эйлис, стоявшую у доски, сложив руки под грудью.

– Где-то ошибка, – сказал он наконец.

– Но вы ее не видите, – буркнула Эйлис, разглядывая покрытую формулами доску. – А не видите, потому что ее нет.

– Я бы предпочел подумать и все вывести самому. Разумеется, используя ваши граничные условия и, хорошо, так и быть, нелинейные члены, физический смысл которых для меня по-прежнему неясен.

– Нет времени, – отрезала Эйлис. – В любую минуту я могу уйти, и один бог знает, когда мы сможем продолжить. Если вообще когда-нибудь сможем.

– О'кей, допустим, все верно. Это решает проблему орбит,

проблему отсутствия звезды Волошина в Солнечной системе, проблему запутанности Гордона и субличностей… простите за…

– Ничего, все в порядке.

– Все равно непонятно, почему в момент перехода «Ники» во вселенную номер два доноры впали в кому. Насколько я понимаю, они сохранили часть сознания, связанную с…

– Часть? Сознание, Эрвин, или есть, или нет.

– Ну как же? Кома – это отсутствие сознания, отсутствие контакта с внешним миром. Мой отец был… неважно. Просто я знаю об этом не понаслышке. Овощ. И в то же время вы, Алекс, общаетесь с… ну, фактически с собой.

– Иногда, – сдержанно сказала Эйлис.

– И ваш… то есть вы… были оба в здравом уме и твердой памяти.

– Безусловно, – помедлив, согласилась Эйлис. – Я не могу объяснить, но ясно, для меня, во всяком случае, что это тоже один из результатов запутанности.

– В принципе, да, – Казеллато дописал красным фломастером в уравнение еще один член – состояние взаимной запутанности пси-функций A и $A1$. – Так, по-вашему?

– Так, – согласилась Эйлис. – То есть вы согласны, что необходима нелинейная составляющая. Волновые функции здесь перемножаются, а не складывается.

– Перемножаются – задумчиво повторил Казеллато, глядя не на доску, а в глаза Эйлис. Она не отвела взгляда, а Казеллато, как ни старался, не разглядел там Панягина. Точно так смотрела сама Эйлис, когда он присутствовал вчера при разговоре с ней Арчера, приглашенного психиатра, светила психиатрии, вечного оппонента

Штрауса. Взгляд женщины, для которой квантовая физика – китайская грамота. Как это может соединиться в одном... одной...

– Пусть так. – Казеллато отвел взгляд. – И что?

– В уравнении шесть субъектов, находящихся в запутанном состоянии. Два субъекта – Гордон и я – запутаны друг с другом. Вот эти функции, так? И одновременно наши квантовые состояния запутаны с состоянием Эйлис Гордон, причем Эйлис запутана с нами и больше ни с кем из команды, в то время как я и Гордон запутаны со всеми остальными субличностями – с Чедвиком, Неелем и Сеном. И еще, насколько можно судить, каждая субличность – я в том числе – запутана со своим донором на Земле, но только со своим, без пересечений. Сложная система запутанных состояний, верно? Особенно если учесть, что система находится не в одной вселенной, а в двух. То есть квантовые состояния вселенных запутаны тоже. Более того, мы понятия не имеем, какие еще типы запутанностей присутствуют и как их учесть в уравнении, которое и без того катастрофически сложно.

– Вселенные, безусловно, запутаны, – согласился Казеллато. – О такой возможности я писал в...

– Помню. Но в той статье вы не дали математического обоснования.

– Я не смог. Пришлось бы ввести слишком много, на мой взгляд, новых скрытых параметров, что противоречит неравенствам Белла.

– Нет! В том-то и дело, что не противоречит. Неравенства Белла написаны для случая одной замкнутой системы – одной Вселенной, иными словами.

– Вы хотите сказать, что неравенства нуждаются в новой формулировке?

– Конечно. Вы не согласины?

Казеллато помолчал, разглядывая записи, заполнившие уже всю доску.

– Новая формулировка никак нам не поможет, – сказал он, закрыв фломастер колпачком и положив на стол, показывая, что дискуссию пора закончить ввиду ее полной бесплодности.

– Должно помочь! – убежденно сказала Эйлис. – Мы пока не понимаем физический смысл всего этого, – она ткнула пальцем в доску. – Между тем здесь должна быть возможность нашего возвращения.

– Добавить еще пси-функции для Энигмы, звезды Волошина, планет Солнечной системы…

– В принципе, нужно добавить, чтобы система уравнений стала более полной.

– Она все равно останется неполной!

– Конечно, но…

Эйлис отвернулась к окну.

– Есть другие варианты? – тихо спросила она.

Казеллато промолчал. Он не видел физического смысла и в уравнениях, записанных на доске. Возможно, все правильно. Нужно проверить, нет ли ошибки – математической, логической или в физических предположениях. Допустим, что ошибок нет. И что? Описание сложнейшей квантовой системы так же далеко от решения, как… как…

– Решить задачу, – сказала Эйлис, – так же маловероятно, как долететь на химической ракете до туманности Андромеды.

Да. Он это и хотел сказать. И если она… то есть Панягин понимает…

– Давайте, – сказала Эйлис безжизненным голосом, – пройдем все с начала и, если не найдем ошибку…

– Если не найдем ошибку, – эхом повторил Казеллато.

– В обычных обстоятельствах мы бы сделали совместный доклад на семинаре, выслушали критику, нас разделали бы под орех, и еще полгода мы бы думали над замечаниями и возражениями, а потом написали статью и отправили в «Physical Review»…

Эйлис поднесла руки к голове, мучительно заболели виски, будто при мигрени. Она присела на диван. Физик… как же его… да, Казеллато… Эрвин… стоял у доски, исписанной значками и числами, и смотрел на нее, будто на диковинную игрушку, неприлично смотрел, назойливо, видно, что хочет подойти, присесть рядом, но не решается, и правильно, ей он не нравился, а где…

– Простите, доктор, – сказала Эйлис слабым голосом, Казеллато едва расслышал. – Кто сейчас был? Алекс или Чарли?

– Доктор Панягин, – Казеллато безотчетно проведя ладонью по доске и смазал часть написанного.

– Алекс… Господи, как я устала… как я устала…

«Почему я это помню? – подумал Алекс. – Я не должен помнить, как Эйлис вернулась. Это ее память, не моя».

Почему-то он точно знал, что именно это воспоминание, которому неоткуда было взяться, даст Гордону шанс на спасение.

∗∗∗

Амартия Сен проснулся в самый неподходящий момент – он держал в правой руке электробритву, а в левой – тюбик с кремом. Правую щеку его предшественник успел выбрить, а на левой Амартия все еще ощущал щетину. Он помнил, как засыпал –

Может, недавно. Может, вчера или неделю назад. Он пытался, насколько возможно, уточнить орбиту «Ники», понимая, что толку в этом нет никакого. Нет разницы – пройдет корабль периастр на расстоянии трехсот миллионов километров или приблизится к звезде Волошина так близко, что начнет прогорать обшивка. «Ника» недолго пробыла в атмосфере Энигмы – к счастью, в разреженной части, – а потом безумный Луи увел корабль в открытое пространство, угробив остатки рабочего тела. «Было очень страшно», – написал он в журнале, а мог уснуть, ничего не сообщив.

У Амартии не было злости на Луи. Он даже жалел беднягу – представлял, что тот чувствовал, когда понял, в какую ситуацию загнал Гордона. Бритву и тюбик Амартия упустил, и они плавали по кабине.

Амартия подтянулся на поручнях к левому иллюминатору, где ярко пылала звезда Волошина, а рядом едва светился тоненький рыжий серп Энигмы. Может, это последнее, что он видит в жизни. Луи прав: какой смысл ждать смерти? Месяцы бессмысленного существования, пока не сдохнет система жизнеобеспечения. И еще Амартия очень не хотел оказаться, как Луи, наедине с собой – тем, кто в коме.

Держась обеими руками за поручни, Амартия прижался лбом к иллюминатору. Трехмерность приглашала упасть в нее, хотя Амартия понимал, что для глаз и Энигма, и солнце, и звезды висели, как пришпиленные, на черном сукне, и только сознание, знавшее, что планета гораздо ближе солнца, а солнце неизмеримо ближе звезд, создавало в мозгу ощущение глубины, провала, бездонности и кошмара.

Звезда Волошина была красива. Энигма изумительно прекрасна. Звезды… Ни одного знакомого созвездия. Откуда им здесь взяться? Все чужое…

И зачем жить?

Ужас скукожился, возникло ясное рациональное понимание. Спокойное осознание реальности. Если погибнет Гордон, не станет и субличностей. Но они – мы – исчезнут и в том случае, если Гордон благополучно вернется. От них ничего не скрывали, они все знали, но ощущали себя Гордоном, не теряя себя и в какой-то степени даже понимая себя лучше, чем до «встраивания».

Гибель Гордона Амартия воспринимал как трагедию, небытие, полное отсутствие в мире. Следовало, наверно, сказать: отсутствие во всех мыслимых мирах-вселенных, но о многомирии он знал так мало, что не решался делать какие-то выводы. К собственному же исчезновению как субличности Амартия относился спокойно – уходя из сознания Гордона, он лишь возвращался в себя-земного, к себе-телесному, продолжал жить. Эта мысль не просто успокаивала, она была такой же естественной, как восход солнца, как дыхание, как сама жизнь, наконец.

Сейчас, глядя на чужое солнце, чужую планету, чужие звезды, он не чувствовал, а умом понимал безысходность их – всех пяти – положения. Зачем жить, точно зная, что Земля потеряна навсегда? Он никогда не увидит любимой скамейки на пыльной улице в Нью-Дели, никогда не пойдет с Каришмой в кино, не поедет с ней на Шри-Ланку, чтобы полазить по горам и посетить домик любимого писателя Кларка…

Кто говорил это? Чья была мысль? Его, Амартии Сена, прижавшегося лбом Гордона к иллюминатору? Или его, Амартии Сена, лежавшего в коме на Земле? Кто он? И зачем?

Жизнь – ожидание смерти. Но какая огромная разница между

абстрактным пониманием далекого и непредсказуемого ухода в нирвану и реальностью, где метроном отсчитывает оставшиеся часы жизни, и ты точно знаешь, когда счет остановится и ты будешь мучительно умирать от удушья, голода, или жажды – в зависимости от того, что в системе сдохнет раньше. Когда время жизни отмерено и близко, а сама жизнь – бессмысленна, зачем продлевать ненужные мучения?

Уйти. Заснуть. И может быть, приснится мир, в котором жить всегда хотел? Мир, где он счастлив, где летают птицы, где каждый ловок, и умен, и смел?

Однако… Что с ним происходит, если он стал думать стихами? Не стихами – какие это стихи? – но в рифму.

Амартия оттолкнулся от иллюминатора, будто от твердого, как металл, космоса, полетел, переворачиваясь, через кабину, подобрал по пути медленно дрейфовавшие бритву и тюбик, еще раз перевернулся и опустился в кресло. Привычно пристегнулся и добрил правую щеку. Все надо делать основательно и доводить до конца. Бритье. Работу. Полет. Жизнь.

Можно принять снотворное. Чтобы с гарантией не проснуться, нужно съесть полторы сотни таблеток – весь запас. Не получится, рвать начнет после тридцати. И повеситься в невесомости трудно. Оружия на борту нет – с чего бы ему тут оказаться? Остается одно: отключить систему. Тогда то, что все равно произойдет через полгода, случится сейчас. Говорят, умирать от удушья легче, чем от голода или жажды. Сознание теряешь постепенно, засыпаешь и видишь сны, которые, возможно, не заканчиваются со смертью мозга. Свет в конце тоннеля и все такое.

Отключить систему не так-то просто. Но он сможет – хотя и не специалист, как Луи. Если Луи справился с двигателями – еще как справился! – почему Амартия сиасует перед более простой проблемой?

А Джек, Алекс и Луи скажут ему «спасибо».

За убийство?

«Убью я не себя на самом деле, а Чарли. Это его легкие перестанут качать воздух, его сердце перестанет биться, его мозг умрет, и я даже могу не увидеть свет – если усну прямо сейчас, и кто придет следом? Придет и поймет, что я все решил за него… за них.

Я не имею права. Не должен. Нужно вместе. Или жить до конца, или закончить сейчас.

Но ведь не спросишь.

Почему? Однажды они уже собирались. Все пятеро. Но это было запрограммировано на Земле. Сложная психологическая постановка, выверенная и проверенная, а после им ни разу не удалось поговорить впятером. И сейчас не получится.

Амартия отодвинул щиток с панели, на которой после старта горели только зеленые огоньки. Сначала нужно ввести пароль. Так. Еще три пароля – для каждой из дублирующих систем. Запустить программу контроля. Как все непросто, но он это делал – на тренировках. Правда, с другой – принципиально другой! – целью. Тогда нужно было отремонтировать систему, вышедшую из строя. Сейчас – решить обратную задачу.

Только бы не…

Конечно. Как назло.

Захотелось спать. Нет. Потерпи. Ну же… Этот тумблер. Эта последовательность клавиш. Глаза закрываются…

Спать… Не успел?

***

Эйлис хорошо выспалась, а перед тем приняла душ и поужинала булочкой с мармеладом, хотя ей больше хотелось хороший кусок шоколадного торта и – странное сочетание, но ей нравилось – рюмку коньяка с ломтиком лимона. Но профессор Селдон сказал, что спиртного ей нельзя, она должна понимать, а торт – слишком тяжелая пища на ночь, ей нужно поспать не меньше восьми часов, за последние два дня она слишком устала, отдых необходим, и она ведь понимает, что в любой момент сон может прервать появление Панягина или Гордона.

«Да-да, профессор, – сказала Эйлис, – я понимаю. Вы замечательный».

Барт Селдон, профессор психиатрии из Филадельфии, которого лично Марли пригласил для консультаций, был милым старичком, выглядевшим, пожалуй, на все восемьдесят. Профессор поверил каждому ее слову, в отличие от Штрауса, о котором Эйлис вспоминала с тихим ужасом. Селдон внимательно выслушал при ней объяснения Манкоры, кивал лысой головой, дергал себя за мочки больших ушей, приговаривал «о как, замечательно, отлично, у меня и самого были кое-какие соображения», бурчал еще что-то под нос, но ни разу Дона и Эрвина не прервал, а, послушав, бросил на Эйлис проницательный взгляд, проникший, как ей показалось, до самой глубины подсознания, и сказал, наклонив голову:

– Дорогая миссис Гордон, я должен перед вами извиниться за коллегу из НАСА, он прекрасный специалист, поверьте, мы знакомы много лет, но по некоторым вопросам его взгляды не совпадают с… мм… в общем, не совпадают.

Беседовали они у Эйлис в номере. Она называла комнату, куда ее поселили, номером, ей все время казалось, что она в отеле, хотя на самом деле это была квартира для гостей в доме, где жили сотрудники – в основном, ракетчики, инженеры. Окна выходили в тихий парк, где прогуливались по аллеям мамы с колясками, а более взрослые ребятишки бегали, падали, играли и, наверно, производили жуткий шум, не слышный за закрытыми окнами. Эйлис понравилась ванная, она полежала в пенистой теплой, как ей нравилось, воде и немного отошла от неистовых волнений, повеселела и потом уже, пообедав доставленной по ее заказу куриной ножкой с овощным салатом и картофелем-фри, узнала, что за это время дважды приходил Алекс, один раз Чарли, а она не почувствовала, даже время для нее вроде не сдвинулось. Впрочем, на часы она не смотрела и сонливости не испытывала, наверно, потому что приходили Алекс и Чарли ненадолго, по словам Дона, всего минут на десять.

«Алекс что-нибудь просил мне передать?» – спросила она, приведя Манкору в смущение. Эйлис поняла, что ни Алекс, ни даже Чарли о ней не вспоминали. Дон извинился за «гостей». Мы, мол, обсуждали такие проблемы, что не до личных нежностей. Так и сказал: «личные нежности», будто нежности бывают иными.

Профессора Селдона Эйлис приняла в кабинете – так она назвала комнату, где стоял компьютер, на полках лежали книги, но главное – здесь были три очень удобных кресла. Одно – поменьше – у компьютера, и два огромных кожаных, с подголовниками и мягкими подушечками. В одно из кресел она села, в другое усадила профессора, Дону досталось компьютерное.

– За последние часы ситуация на «Нике» осложнилась

неимоверно, – продолжал профессор. – Видите, я с вами откровенен, иначе невозможно, вы полностью должны быть в курсе, я это уже объяснил тем, кто здесь принимает решения. Понимаете, дорогая…

– Они живы? – перебила Эйлис. Конечно, живы, иначе профессор произносил бы другие слова.

– Живы, – кивнул Селдон и, спросив взглядом совета у Манкоры, добавил: – Пока.

Опять…

Эйлис взяла себя в руки – не думать об этом! Ничего больше не спрашивать! – и молча ждала, когда профессор объяснит, что она должна делать. В том, что от нее сейчас ожидали действий, Эйлис не сомневалась.

– Понимаете, дорогая, – повторил профессор, – на борту произошло событие, очень…

– Я знаю, – Эйлис нетерпеливо перебила: зачем говорить то, что ей уже известно? Этот истеричный Луи (кто выбрал такого в команду?) истратил все горючее, и корабль не может маневрировать, да, это ужасно.

– Нет, – вмешался Манкора. – Все гораздо хуже.

Селдон поморщился, но перебивать не стал. Внимательно смотрел на Эйлис: изучал реакцию на каждое произнесенное слово. Почему-то ей это даже нравилось, пусть смотрит, она ведь держит себя в руках. С другой стороны, может, и не надо? Может, ему нужны ее естественные реакции?

– Гораздо хуже… – повторила она. Что может быть хуже?

– Амартия Сен, – сказал Манкора. – Он в какой-то мере индуист. Конечно, это подсознательное, но в той ситуации… Был бы японцем, возможно, сделал бы себе сеппуку, но…

– Себе? – крик вырвался сам собой, Эйлис думала о Чарли как о живом (только о Чарли, а не об Алексе). Но подсознательно, там, где сердце, а не мозг, все равно знала, что он не вернется. Оттуда, где он оказался, не возвращаются, это ведь тот свет, иной мир, куда уходят все, но не возвращается ни одна живая душа. Она это знала, но никогда и никому не поверила бы, что Чарли может покончить с собой. Он будет бороться до конца, даже зная, когда и как конец наступит.

Манкора растерянно посмотрел на Селдона, а тот, видимо, правильно истолковав эмоции Эйлис, наклонился, положил ладонь ей на колено, дружески, участливо, она поняла и не стала сбрасывать руку, хотя прикосновение было ей неприятно.

– Дон не прав, я с вами согласен, – мягко произнес психиатр. – Но, видите ли, миссис Гордон, Сен оказался слабым звеном. В процессе выбора и подготовки это не было выявлено. Я не хочу обвинять коллегу Штрауса и его сотрудников, но…

– Но? – повторила Эйлис, когда Селдон сделал паузу, то ли чтобы перевести дух, то ли чтобы подобрать правильное слово.

– Гордон оказался в ситуации, которая не была и не могла быть предусмотрена. Его… экипаж готовили к иным условиям полета, иным нештатным ситуациям.

– Пожалуйста, профессор, скажите прямо, чего вы от меня хотите, – устало произнесла Эйлис. – Нужно, чтобы я что-то сделала? Попробовала позвать Сена? Поговорить с Чарли? Что?

– Вы умная женщина, – сказал профессор таким тоном, будто ожидал от Эйлис истерики, а на понимание не надеялся вовсе.

Эйлис никогда не говорила себе: «я умная». Она упрекала себя в том, что, как все женщины, думает не головой, а сердцем, но знала и то, что, когда нужно принять решение, все-таки обдумывает последствия, а не поддается эмоциям, для выплеска которых была масса других возможностей.

Манкора сцепил ладони и закинул руки за голову. Он успел узнать Эйлис лучше, чем Селдон. Он объяснил бы лучше, но психиатр сказал: «Доверьте все мне», и Манкора молчал, мысленно готовил собственную речь на случай, если у Селдона ничего не получится. Дон считал, что Эйлис нужно объяснять физику, а не психологию. Физику она примет и будет действовать, зная, что физика – правильна. А психологические экскурсы Селдона поймет, но от действий может отказаться – потому что любит Гордона и не станет делать ничего, что могло бы ему навредить. Даже теоретически. Даже если ему угрожает смерть.

– Ситуация такова, – неожиданно сухим голосом, из которого были выпарены все эмоции и интонации, заговорил Селдон. – Амартия Сен рассогласовал систему жизнеобеспечения. В условиях корабля исправить сделанное невозможно, это просчитано на моделях. Не получается. Результат: если еще несколько часов назад Гордон мог рассчитывать на семь-восемь месяцев жизни, и у физиков, соответственно, было столько же времени для попыток решения задачи, то сейчас такого времени нет.

– Сколько? – спросила Эйлис. Она закрыла глаза, не хотела видеть ни этих двоих, боявшихся сказать самое страшное, не хотела видеть этот кабинет, эти стены, этот мир за стенами. Она должна быть с Чарли. С Алексом. Там. Почему все в мире несправедливо? Почему при всех квантовых зупатанностях и суперпозициях, о которых они столько говорят, Чарли и Алекс могут быть здесь, с ней, а ей не дано быть там, с Чарли, смотреть его глазами, слушать его ушами, думать вместе, быть вместе… Вместе умереть?

– Максимум четверо суток, – сказал Селдон. – Реально – тридцать часов. Потом прекратится подача кислорода. За это время совершенно нереально…

Профессор взглядом попросил помощи у Манкоры.

– Абсолютно нереально, – сказал тот, подражая сухости в голосе психиатра, – придумать какие бы то ни было рекомендации. К тому же, никто не знает, когда Гордон или Панягин… – он смутился и сказал нейтральное: – Неизвестно, когда они выйдут на связь. И выйдут ли.

– И потому, – подхватил Селдон. – Мы должны сами…

Слово показалось ему неудачным. Вся затея с самого начала выглядела неудачной попыткой с негодными средствами. Да, другого варианта не было, пришлось согласиться, но то, что предложили физики, – а он взялся, несмотря на внутреннее сопротивление, убедить миссис Гордон, – было вне его понимания, вне представлений о допустимом в науке вообще и в психиатрии, в частности.

– Что я должна сделать? – перебила Эйлис.

То, что сейчас произойдет, она поняла по взгляду Селдона – он первый заметил изменение то ли в выражении ее лица, то ли по каким-то, для нее самой неуловимым движениям пальцев. И только потом почувствовала ставшую привычной сонливость.

Сейчас?

– С памятью у них обычно все в порядке, – успела она услышать реплику психиатра.

***

– Я ей не позволю, – твердо сказал Чарли и посмотрел на Селдона яростным, как он считал, взглядом.

Психиатр выдержал взгляд. Манкора, сидевший рядом, отвернулся.

– Вы же понимаете, Гордон, что другого варианта не существует, – сказал он, глядя в сторону.

– А решать миссис Гордон будет сама, – добавил Селдон, – и вы не сможете повлиять на ее решение.

– Смогу! – воскликнул Чарли, едва справившись с желанием ударить физика по невозмутимой физиономии. Ему не нравился Манкора. Не нравился – и все. Может, Алекс нашел с ним общий язык – как же, квантовые запутанности, суперпозиции, проблемы декогеренции, нелинейные уравнения… У Гордона Манкора вызывал усиливавшуюся неприязнь.

– Надеюсь, такая возможность вам не представится, – неожиданно мягко сказал физик. Понял, о чем сейчас подумала… подумал Гордон.

Разговор происходил в кабинете Манкоры, куда они втроем переместились, когда Эйлис заснула и Гордон завладел ее сознанием. Здесь они сначала стояли у доски, и физик пытался втолковать Гордону то, что собирался обсудить с Панягиным и надеялся на его появление, но пришел Чарли, и с этим пришлось считаться. Командир имел не только право, но обязан был знать обо всем, хотя решение все-таки на этот раз зависело не от него.

Гордон кивал, привычным жестом поправлял прическу, вставлял, где нужно, необходимое по смыслу слово, но – Манкора видел – слушал невнимательно, мысли его блуждали, и думал он не о квантовых уравнениях, а о том, что еще может натворить Амартия, который не хочет больше жить, или Луи, способный погубить корабль, нарушив, к примеру, герметизацию.

– Давайте, – тихим, но убеждающим голосом сказал Манкора, – я еще раз попробую объяснить. Без уравнений. Так вот, мы проанализировали возможности. У нас сейчас собралась лучшая на планете группа. Дартон из Кембриджа, Стивенсон из Принстона, Гараев из Физтеха… Вряд ли вы их знаете, но для Панягина эти имена много значат. Короче. Мы имеем запутанную квантовую систему, куда на макроуровне входят минимум две вселенные, имеющие общее происхождение. Обе, по всей вероятности, возникли в процессе хаотической инфляции, вопрос в том, возникли они одновременно или…

– Дон, – тихо произнес Селдон, и Манкора споткнулся на слове, пробормотал «я опять увлекся» и продолжил, демонстративно стараясь не смотреть на Гордона… на Эйлис… на них обоих, ничего не понимавших в квантовой физике, причем одна должна была принять решение, а другой собирался ей воспрепятствовать.

– Еще короче, – сказал Манкора после паузы. – Есть квантовая система, включающая несколько подсистем, входящих в уравнения в виде нелинейных членов, поскольку обладают сознанием и памятью. Это – вы…

Физик споткнулся на слове «вы». «Вы» – кто? Миссис Гордон, сидевшая, скрестив руки под грудью и наклонившись, так, что невозможно было не смотреть на ее декольте? Или «вы» – Гордон, смотревший, не отрывая взгляда, в котором читались недоверие и твердое желание не допустить, чтобы Эйлис приняла единственно возможное решение?

— Это вы, — повторил Манкора, обращаясь все-таки к Гордону, — это ваша жена, это Алексей Панягин, это остальные субличности, причем запутаны на самом деле не пять сознаний, а девять, учитывая доноров, лежащих в коме. Их сознания тоже нужно учесть. Плюс перекрестные запутанности. Плюс присутствие линейных членов уравнений — сам корабль, Энигма, звезда Волошина, планеты Солнечной системы… Уравнения настолько сложна, что при современных вычислительных мощностях не только решить, но даже правильно составить их невозможно. Я хочу, Гордон, чтобы вы это четко поняли. Между тем, от решения зависит… — он сделал паузу, не хотел говорить высокопарно, но других слов не подобрал, — …зависит судьба экспедиции и ваша жизнь.

— И жизнь Эйлис, — уточнил Гордон, — поскольку ее сознание запутано с моим и всеми остальными.

— Более того, — кивнул физик. — С обеими вселенными. Повторяю: в отличие от всех прочих элементов этой безумно сложной системы, только сознание вашей жены запутано с…

— Послушайте, — перебил Гордон. — Объясните, почему вы и вы (кивок в сторону Селдона) до сих пор не за решеткой?

— Ммм?.. — поднял брови Манкора, сбившись с мысли, а психиатр едва заметно усмехнулся. — Почему… что?

— Почему Штраус не натравил на вас полицию?

— А, понял! Он пытался. Скажу больше: Хедли спустил на нас всех собак — от охраны НАСА до частных детективных бюро. Команда проекта очень хотела бы заполучить вашу жену обратно. Официально объявлено о вашей гибели. Корабль потерян, в этом ни у кого сомнений нет. Понедельник был днем траура во всех странах, участвовавших в проекте «Вместе в космосе». Ваша жена признана, как неосторожно выразился Штраус в одном из интервью, психически неадекватной. Против нашей фирмы и лично против Марли выдвинуто обвинение, юристы НАСА постарались. Но, видите ли, на самом деле у них нет ничего. Ваша жена добровольно покинула территорию Джонсоновского центра, так? У Штрауса не было права ее задерживать, он это понимал, и потому охрана ничего не предприняла, когда мы с Эрвином и Джоном встретили миссис Гордон и предложили поехать с нами.

— Очень удачно вы случайно оказались…

— Не случайно, Гордон. Это, кстати, еще один фактор в системе уравнений. Российский физик Бусыгин, давний друг и коллега Панягина, видимо, тоже — элемент запутанной системы. Впрочем, он этого до сих пор, кажется, не понял. Он, видите ли, не сторонник многомировой теории, в отличие от Панягина. Но именно Бусыгин позвонил Эрвину, поскольку они давно знакомы… Мир физиков, занимающихся одной проблемой, довольно узок, знаете ли. Так вот, он позвонил и сказал, где, когда… Мы успели вовремя. Так я говорю: все, что мы сделали, законно, и проект «Вместе в космосе» ничего предпринять не может. Иначе им придется сделать заявление, что корабль оказался в другой вселенной…

— Понятно, — буркнул Гордон. — И это только убеждает меня в том, что я прав. Нельзя предпринимать ничего.

— А жить вам, — тихо произнес Селдон, глядя в потолок, — осталось считанные часы.

— И наверняка можно сказать, даже не решая уравнений, — подхватил Манкора, — что, когда вы погибнете, Гордон, произойдет декогеренция, и погибнут все. Я говорю не только о субличностях, они-то ладно, это предусматривалось. Я имею в виду людей, лежащих в коме. И российского физика. И вашу жену.

– И обе вселенные, – подхватил Гордон. – Они тоже запутаны. О! Даже не две вселенные! Запутанны все миры, возникшие в Большом взрыве после инфляции! Я верно понял?

– Да, – кивнул Манкора.

– Вы хотите, чтобы я поверил в эту чушь?

– Не верьте, – пожал плечами физик. – При декогеренции что-то произойдет. Что-то. Гибель всех запутанных вселенных? Не думаю, но… Эта вероятность не равна нулю. Понимаете? Не. Равна. Нулю.

– Не равна нулю и вероятность того, что на нас сейчас обвалится потолок, – насмешливо произнес Гордон. – Все что угодно может случиться когда угодно.

Он помолчал.

– Я люблю Эйлис, – сказал он высоким голосом. – Я люблю ее. Эти руки, – он протянул их вперед, – эти пальцы, я их целовал много раз… эти губы, – он коснулся их пальцами, – эти глаза, которыми я сейчас на вас смотрю… Господи, что я говорю… Послушайте, мне плевать на ваши уравнения, запутанности, суперпозиции и декогеренции. Я лучше умру, но Эйлис…

– Вы не понимаете, Гордон!

– Черт, – сказал Селдон, глядя в потолок. – Все это непредсказуемо, Дон. Гордон может быть здесь до конца. Он может уйти сейчас, и вернется миссис Гордон. Или явится Панягин.

– Что это вы… – Гордон поднялся. – Вы, двое мужчин…

– А вы слабая женщина, – кивнул Селдон. Он внимательно и твердо смотрел Гордону в глаза. Взгляд завораживал, опутывал, притягивал, взгляд опытного психиатра, умевшего пользоваться методами гипноза. – Вы слабая женщина, и вам хочется спать…

– Я не…

– Вам очень хочется спать, Гордон.

– Нет!

– Вы хотите спать, сейчас вы уснете, закроете глаза, уснете и…

– Но вы не долж… – пробормотал Гордон и не успел закончить фразу.

***

Эйлис не было страшно. Совсем. Дон и профессор говорили страшное: если промедлить, Чарли точно погибнет, потому что на «Нике» все очень плохо. Луи Неель выжил из ума и отправил корабль в полет по орбите, которая, в конце концов, упрется в тамошнее солнце, и Амартия Сен тоже выжил из ума, парализовал систему жизнеобеспечения, восстановить ее невозможно, и через два-три, максимум четыре дня Чарли задохнется.

Они еще много чего говорили, а ей не было страшно.

– Так в чем проблема?

Селдон встал и начал ходить по комнате из угла в угол. Эйлис понимала, что ходит он специально, психиатр хотел вызвать у нее ответную реакцию, хотел, чтобы она вышла из себя и крикнула: «Перестаньте ходить! У меня от вас голова кружится!» Селдон наверняка знал, что она терпеть не может, когда Чарли мельтешит перед глазами. Чарли нравилось мерить комнату шагами, когда он о чем-то серьезно размышлял, и она уходила – из комнаты, из дома, на улицу, в толпу. Или устраивала скандал. Чарли прекрасно знал, как она не любит, когда он вышагивает по квартире, будто солдат на плацу, значит, он специально, «ты меня не любишь, ты…»

– Пожалуйста! – как ей казалось, крикнула, а на деле прошептала Эйлис. – Прекратите!

Она чувствовала, что они говорили правду. Чарли это знал,

Алекс знал, а она чувствовала.

Через два дня воздуходувка перестанет подавать кислород, и Чарли умрет. И Алекс – тот, что говорил с ней из другой вселенной. Алекс, что был с ней здесь, на Земле, тот, кто сейчас спит и ничего не знает, он тоже может умереть.

Эйлис встала и пошла к двери. Думала, Селдон перестанет, наконец, вышагивать, остановит ее, может, даже грубо схватит за локоть. Шла и слышала за спиной размеренные шаги, все громче, будто профессор забивал гвозди в ее голову.

Открыла дверь. Странно, не заперто. Шагнула в коридор. Двое мужчин у широкого окна, выходившего в сад, о чем-то спорили. Эйлис послышалось: «интеграл все равно не…», «естественно, воспроизводится из невычислимых функций…»

Физики.

Никто ее не охранял. Она могла уйти. Домой.

Ноги у Эйлис подкосились, и ей пришлось ухватиться за дверную ручку – круглую и скользкую.

Кто-то подхватил ее. Селдон? Манкора? Эйлис показалось… нет, она знала, чувствовала – это были сильные руки Чарли. Так он поднимал ее и нес в спальню.

– Что я должна сделать? – спросила она, и Чарли ответил:

– Ничего. Вы не должны ничего ДЕЛАТЬ, миссис Гордон.

Другой голос, высокий, незнакомый, напряженный, звонкий, как натянутая струна, перебил Чарли (или это был не Чарли?):

– Не говорите! Психика может не выдержать!

Но голос Чарли (или это был не Чарли?) продолжал – уверенно, твердо, надежно, как подставленное вовремя плечо:

– Только вы, миссис Гордон, можете разрушить суперпозицию.

Только вы, миссис Гордон, можете вызвать декогеренцию волновых функций двух вселенных…

– Дон!

– Только вы можете, потому что в вашем и только в вашем сознании связаны все…

– Доктор Манкора! Вы убьете ее!

– Вы должны успеть, потому что, если вы уснете и придет Гордон или Панягин, решения уравнений перестанут…

– Дон! Она не разбирается в…

– У вас богатое воображение, миссис Гордон…

Да-да. У нее богатая фантазия. В одежде, косметике, прогулках, танцах, работе, домашних делах. В любви, наконец.

Но она ничего не понимает в квантовых уравнениях.

– Представьте, что вы – вселенная. И все галактики, звезды планеты, атомы, частицы, люди, животные, призраки, темное вещество, вы сами и все, кого вы любите… Это вы.

– Дон!

– Не перебивайте, черт возьми! Миссис Гордон, вы – Вселенная. Неважно, как вы это представите. Неважно, правильно ли. Пусть только в вашей вселенной будет Чарли. Пусть будет Алекс. Амартия. Луи. Джек. Русский физик Бусыгин, которого вы не знаете, но который тоже оказался в суперпозиции, иначе вы не были бы сейчас здесь, с нами. Представьте его – неважно как. И Панягина – того, кто в клинике. И Нееля, Сена, Чедвика – тех, кто в коме. Представьте Энигму – вам о ней рассказывал Чарли. Представьте, вообразите, соберите в своем сознании. Неважно как. Вы можете, потому что… Потому что можете только вы! Представьте. Вообразите.

Господи, лучше бы он ходил из угла в угол, как профессор, чем требовал то, чего она не… Почему не?

Эйлис плыла саженками, как в детстве, по широкой реке без берегов. Детское воспоминание возникло вдруг, она вспомнила, как теряла силы, начала глотать противную мутную воду, что-то потянуло ее за ноги, и она погрузилась с головой, хотела крикнуть, но не могла, и тогда… а может, сейчас… здесь или где-то…

Чарли подхватил ее, Алекс помог, оба говорили о любви, и она отвечала, не словами, а мыслью. Чарли был один, а Алексов почему-то двое, и еще какие-то люди, и рыжая в оспинах планета смотрела с черного неба, на котором тускло блестело, будто раскаленная сковорода, чужое солнце. Звезды появлялись и исчезали, и что-то было еще, чего она не видела, но чувствовала в себе, как чувствуешь зарождающуюся жизнь, ребенка, который родится, когда она будет к этому готова, а сейчас по реке пошла волна, высокая, жесткая, неотвратимая, Чарли больше не мог удерживать голову Эйлис над водой, она видела себя со стороны, сверху, свое бледное лицо, свое безжизненное тело, то уходившее под воду, то всплывавшее и поднимавшееся в воздух, будто плохо надутый шарик, и все окутывал серый туман, сквозь него пробивались звуки, подобные шороху ползущей змеи, рокоту отдаленного прибоя, и кто-то (Чарли? Алекс?) просил: «Не уходи! Я люблю тебя!» – «Я люблю тебя, Чарли», – сказала она и подумала: «Нужно было сказать: "Алекс!"».

Стало больно. Не телу – тела она не чувствовала. Не мыслям – мыслей она больше не понимала. Болел весь мир, вселенные. Больно было звездам, планетам, галактикам, черным дырам, космической пустоте, живому и мертвому. Больно было всем словам, которые она знала. Всем словам вместе и каждому в отдельности. Больно было слову «боль», и когда боль вселенной соединилась с болью слов, все стало хорошо.

Все исчезло, а ничто – не страдает.

11 ПОЛЕТ ПЯТИ

Вызванные доктором Манкорой парамедики из службы 911 вынуждены были констатировать смерть Эйлис Гордон, 32 лет. Остановка сердца.

Вызванные профессором Селдоном полицейские задержали обоих – физика и психиатра – для допроса и выяснения обстоятельств произошедшего. Психологическая служба НАСА, а конкретно – проекта «Вместе в космосе» в лице главного психолога Штрауса и двух профессоров-консультантов (из Германии и России) – потребовала участия в расследования, но получила отказ со ссылкой на конфликт интересов.

***

Показатели датчиков состояния находившихся в коме четвертой степени Алексея Панягина, Джеймса Чедвика, Луи Нееля и Амартии Сена резко изменились в 14 часов 23 минуты 31 секунду по времени округа Колумбия. Электроэнцефалограмма: нормальные альфа- и бета-ритмы. Кровяное давление: повышение до нормального значения. Все четверо несколько минут спустя открыли глаза и с недоумением рассматривали окружавшую их больничную обстановку. Сидевшая у постели Чедвика жена поцеловала мужа в лоб, а он погладил ее по щеке и произнес хрипловатым голосом непонятную фразу, которую она запомнила и повторила минуту спустя вбежавшему в палату профессору Якобсону:

«Полная декогеренция, понимаешь, Ленни, с пространственно-временным смещением в пределах межмировой квантовой неопределенности, а, поскольку это не спонтанная декогеренция, а наведенная, то параметры выхода просчитываются».

– Что это значит, профессор? – спросила Леония. – Какая-то физика? Джек, что ты сказал? Ты меня узнаешь? Я твоя Ленни…

Чедвик не ответил. Он спал. Как сказал профессор Якобсон (а затем подтвердил немедленно собранный консилиум), Чедвик заснул глубоким здоровым сном.

Алексей Панягин, Амартия Сен и Луи Неель, выйдя из комы, не произнесли ничего, что могло бы заинтересовать врачей, руководство проекта «Вместе в комсосе», полицию и репортеров. Открыв глаза и осознав свое присутствие в мире, все трое улеглись удобнее и заснули таким же крепким здоровым сном, как Джеймс Чедвик.

***

У доктора физико-математических наук Артура Бысыгина разболелась голова. В Москве был вечер, Бусыгин недавно вернулся из Музыкального театра имени Станиславского и Немировича-Данченко, где с удовольствием послушал оперу Гаэтано Доницетти «Мария Стюарт». Обычно он посещал театры с Нонной Габлер, работавшей в отделе физики неправильных кристаллов, но нынче

Нонна вынуждена была остаться с сыном, девятилетним шалопаем, у которого поднялась температура, и Бусыгин отправился в театр один. Почувствовав после возвращения неожиданную острую, как кинжал, боль в висках, он принял две таблетки дексамола и позвонил Нонне.

«Хорошо пели, – сказал он, – жаль, тебя не было. Но я очень устал, бешено болит голова, в висках давит, сейчас еще пару таблеток и…»

На этом разговор прервался, и попытки Нонны перезвонить успехом не увенчались. Обеспокоенная, она оставила сына, пообещав вскоре вернуться, поехала к Бусыгину, дверь открыла своим ключом и нашла Артура лежавшим на диване в гостиной.

Бусыгин был мертв.

***

Гордон проснулся и по привычке бросил взгляд на приборные панели: слева сверху – направо вниз. Все работало штатно, кроме, конечно, системы кондиционирования, вышедшей из строя. Система ориентации, датчики давления в кабине, гравиметрические показатели… Норма, норма…

Он сидел в кресле. В центре носового иллюминатора ярко светила звезда, рядом три звездочки слабее. Звезда, оранжевая, как апельсин, и знакомая, как человек, которого знаешь всю жизнь, но, встретив неожиданно на улице, не можешь вспомнить имени.

Корабль вращался вокруг продольной оси, и звездочки около той, яркой, вращались вокруг нее, как планеты…

Он знал, что знает название звезды и название созвездия, знал, что забыл, знал, что должен вспомнить, потому что от этого сейчас зависело…

Что?

В левый иллюминатор вплыла Земля. Он сразу узнал Австралию, над которой висели перистые облака, а океан был темным, почти черным.

В голову почему-то пришли слова из поэмы Теннисона, которую он выучил наизусть, когда в первый раз поступал в отряд астронавтов:

«И Томлинсон взглянул вперед

И увидал в ночи

Звезды, замученной в аду,

Кровавые лучи»…

Солнце слепило, и Гордон не удержался от крика: он узнал, узнал! По цвету? Яркости? Просто узнал. Солнце. И где-то должна быть Луна.

Луны не было. Австралия уплыла вниз, теперь он видел только светло-серую поверхность тяжелых туч, «Ника» пролетала над Тихим океаном. А здесь тайфун, вихрь, закрученные белые полосы, их он тоже узнал и подумал, что Луна, видимо, сейчас заслонена Землей, а на самом деле она есть, не может не быть. И тут он вспомнил, как называется созвездие с яркой голубой звездой и четырьмя слабыми поблизости. Лира. И звезда – Вега. Самая яркая в северном полушарии. Тогда – почему Австралия? Вопрос мучил его долю секунды, ответ явился, как откровение, хотя на самом деле он понимал, что так и должно быть, достаточно представить, где находится «Ника», на какой высоте, в каком направлении движется…

Он представил.

И только тогда испугался. По-настоящему. Не за себя. Он вспомнил последние разговоры с Манкорой.

«Уравнения слишком сложны, их и через тысячу лет не смогут решить, даже с помощью квантовых компьютеров, но одно ясно, Гордон: суперпозицию можно, в принципе, разрушить, а декогеренция – в принципе, повторяю – может вернуть «Нику» в Солнечную систему».

«Толку-то, – с горечью сказал Гордон. – Я окажусь в той же точке, где произошел переход, верно?»

«Не совсем, – голос физика звучал неуверенно. – За трое суток Энигма прошла немалую часть орбиты, и корабль…»

«Неважно, – перебил Гордон звонким голосом Эйлис. – Все равно спасательная экспедиция не успеет, я умру, так зачем…»

«Есть неравная нулю вероятность, Гордон, что… В общем, все зависит от сознания человека, центра суперпозиции. Как вам объяснить… Вы, например, находитесь в запутанном квантовом состоянии с четырьмя субличностями и с… мм… миссис Гордон, да. Каждая из субличностей запутана с вами и донорами на Земле. Наверно, есть медицинский термин, обозначающий… но я не знаю. Панягин, кроме того, находится в суперпозиции с…»

«Черт бы его побрал», – с чувством выругался Гордон, подумав, как странно звучит проклятие в устах Эйлис.

«Но, – продолжал Манкора, глядя Эйлис в глаза и пытаясь разглядеть взгляд Гордона, – ваша жена…»

Он запнулся: странно было говорить «ваша жена», разговаривая с миссис Гордон.

«Только ваша жена находится в суперпозиции со всеми: с вами, с экипажем, в том числе на Земле, с русским физиком, с обоими мирами… Только она может попытаться…»

«Но. Вы сказали "но"».

«Я не…»

«Сказали. Я слышал».

«Хорошо. Да. Именно "но". Миссис Гордон может попробовать. Но это… Если произойдет декогеренция, она… Ну, вы понимаете…»

«Нет».

Манкора помолчал.

«При декогеренции запутанной квантовой системы… О, черт! Мы с Эрвином второй день обсуждаем…»

«Да говорите! В любой момент я могу уснуть. Не теряйте времени!»

«Хорошо, – решился физик. – Для вашей жены это смертельно опасно. Она вызовет декогеренцию, но мы не представляем последствий. Кроме одного. С вероятностью, близкой к единице, декогеренция… мм… приведет к…»

Он так и не решился произнести слово.

«Декогеренция убьет Эйлис», – жестко довел мысль до конца Гордон, но слова, произнесенные женским голосом, прозвучали скорее растерянно.

Манкора кивнул.

«Я запрещаю, – четко выговорил Гордон. – Повторяю: я запрещаю вам даже намекать Эйлис, понимаете? Я ее знаю: она согласится, не раздумывая. Она вообще не любит рассуждать и анализировать, решения принимает эмоционально, интуитивно, по-женски. Вы ее убьете! Запрещаю!»

«Послушайте, Гордон! – запротестовал физик. – Поймите: нет

другой возможности даже в принципе разрушить суперпозицию! К чему приведет развитие этой запутанной системы – непредсказуемо. Может погибнуть мир… Два мира!»

«Не пугайте меня. Мир. Два. Десять. Это слова. Решения вы все равно не знаете. Я запрещаю говорить с Эйлис об этом».

Он еще раз повторил. И еще. И повторял, пока не почувствовал, что засыпает.

Кажется, и в небытии он повторял «Запрещаю», адресуя слово уже не Манкоре, а Эйлис. «Не делай этого, милая! Не делай… Не де…»

Гордон представил: «Это единственная возможность спасти Чарли. Но это, скажу прямо, для вас сопряжено со смертельным…» Наверняка Эйлис не дала ему договорить. «Что я должна сделать? Скажите. Чтобы я поняла». – «Вы можете погиб…» – «Что я должна сделать, Дон?»

Земля. Это Земля. Австралия. Тихий океан. Ураган. Вега. Созвездие Лиры. Солнце.

Дом. Мой дом.

Эйлис…

Ни о чем другом Гордон подумать не успел. На пульте десятки огоньков одновременно замигали, переливаясь красным, завизжала звуковая сигнализация, на экранах взвились и завибрировали кривые. Изменения Гордон мгновенно ощутил на себе – тело повело вправо, ремни впились в левый бок, будто он на гоночном автомобиле пытался вписаться в поворот. Не получается, сейчас машина врежется в ограждение, и – конец. Паника продолжалась мгновение – Гордон достаточно тренировался перед полетом, чтобы понять происходившее.

«Ника» вошла в плотные слои атмосферы. Ориентирован корабль был относительно продольной оси лишь очень приблизительно, автоматическая система управления не справлялась с проблемой. Угол атаки был невелик, и быстрый разогрев с разрушением «Нике» не грозил, но гироскопы разворачивали корабль боком к траектории снижения, и Гордон отключил автопилот. Руки знали, что делать, мозг знал, что скомандовать. Ориентировать «Нику» двигателями Гордон не мог, управлять можно было, лишь меняя направление вращения гироскопов, закручивая корабль нужным образом, это была тонкая работа, которую Гордон умел выполнять на тренажерах, но не предполагал, что придется делать в реальном полете. Руки знали, мозг знал, и Гордону казалось, что он будто со стороны следит, как поверхность Земли перестала вертеться вокруг корабля, ремни перестали врезаться в левый бок, торможение росло постепенно, тело налилось свинцом, Гордон все же успевал отслеживать показания приборов – тоже рефлекторно, отмечая вход «Ники» в атмосферу по плоской глиссаде, слишком плоской, чтобы совершить посадку на первом витке. Лучше так, чем крутой спуск, котрого может не выдержать тепловая обшивка.

Корабль начало трясти, руки с трудом удерживали рычаги управления, и в это время голос Джека произнес:

– Хорошо, Чарли. Справляешься. Заходи на вторую глиссаду. Высота сто десять километров, сейчас вылетишь на двести и через пятьдесят три минуты войдешь по второму разу, вот тогда начнется самое...

Голос Амартии перебил Джека:

– Группа датчиков семь-один-три вышла из строя, отключи.

Гордон ткнул пальцами в несколько точек на сенсорных экранах. Ничего, как ему казалось, не произошло, но Амартия с удовлетворением произнес:

– Теперь порядок.

И добавил с сомнением:

– Пока порядок.

– Только бы не нарушилась герметичность, – пробормотал Луи. – Остальное переживем. Переживем, верно?

– Не говори под руку, – буркнул Джек, и Гордон с благодарностью произнес вслух:

– Парни, мы опять вместе. Значит, все получится.

– И ты не говори под руку, – хмыкнул Джек. – Не все тут, кстати. Алекс…

– Здесь, – произнес Алекс. – Суперпозиция разрушилась, хорошо бы сейчас измерить скорость релаксации полной квантовой системы, но не получится, жаль.

– Вечно ты о своем, – улыбаясь, произнес Гордон: то ли вслух, то ли всего лишь подумал. – Рад, что ты здесь, Алекс.

– Чарли, прости, что я…

– О чем ты?

– Ну… Алиса и я…

– Нашел время! – воскликнул Гордон. – Поговорим внизу, понял? И не с тобой, дубина, а с настоящим Алексом.

– Чарли, – продолжал Алекс, будто не расслышав, – ты понимаешь, что Алиса… Она… Сделать она могла только одно. Разрушить суперпозицию. А это значит, что мы… ты вовсе не…

– Не говори под руку, – оборвал Гордон. – Все молчите. Пожалуйста. Голова начинает болеть, вы тоже чувствуете.

Говорите, только если нужна конкретная команда.

– Второй вход в атмосферу через семь минут, – подал голос Джек.

– Следи за приборами.

– Слежу.

– Сейчас «Ника» ориентирована правильно, закрываю иллюминаторы.

– Я хочу видеть!

– Нет.

Джек был прав, и реальность исчезла. Погасло освещение, осталось только свечение экранов и красные точки, будто россыпь праздничных огней.

– Эйлис… – позвал Гордон. Она должна слышать. Если они здесь – все пятеро, – значит, и Эйлис с ними. Должна быть.

– Чарли, – голос Алекса. – Пойми, наконец: система перестала быть запутанной. Суперпозиции больше нет. Алиса сделала это. Я… мы… не можем ее больше слышать. Боюсь, она…

– Нет!

Алекс молчал. Джек молчал. Молчали Амартия и Луи.

Навалилась тяжесть.

Боже, как тяжело…

Резкий толчок.

– Отделилась полетная ступень.

Кто это сказал? Джек?

Или Тот, Кто Управляет Мирозданием.

– Высота сто пять… Девяносто восемь… Восемьдесят четыре…

Кто-то где-то видит в небе яркий болид и думает: «Упала звезда, нужно загадать желание».

Жить. Желание одно. Жить. Здесь. С Эйлис.

Голоса смолкли. Гордон был один.

– Алекс, – позвал он. – Амартия. Джек. Луи.

Молчание.

Тяжесть стала нестерпимой – как в центрифуге на максимальных оборотах. Голова… Где моя голова…

Куда мы упадем? В океан? В горы? В Китае? В России?

Все равно. На Землю. Мы упадем на Землю.

Остальное неважно.

«Эйлис, я люблю тебя», – подумал Гордон и отключился.

***

– Согласно представленному медицинскому заключению, подписанному профессором, доктором медицины Харланом Моррисоном, главным терапевтом клиники Говарда Даниэлса, а также докторами медицины Кэтрин Бенджамен, главным врачом полицейского управления штата Майами, и Элвином Штраусом, представлявшим проект «Вместе в космосе», миссис Эйлис Гордон скончалась в результате сильнейшего кровоизлияния в мозг. К сожалению, спасти ее не было возможности.

Докладывал прокурору штата помощник главного эксперта полицейского управления Рон Москито.

– Я читал заключение, – мрачно проговорил прокурор, не глядя на собеседника. Между ними давно пробежала черная кошка, и прокурор меньше всего сейчас хотел слышать голос человека, с которым старался встречаться как можно реже, но профессиональному мнению которого полностью доверял. – Странно, что заключение подписал Штраус. НАСА и «Спейс трек»

– конкурирующие организации. Миссис Гордон, – вот у меня заявление отдела безопасности НАСА, – люди Марли выкрали буквально из-под носа у охраны. Штраус, – вот и его заявление, – утверждает… так… Вот: «является киднеппингом»… Знаю, у полиции не было формальных оснований для вмешательства, пока не поступил звонок в службу 911. Мне кажется странным, что в работе консилиума Штраус принял участие и даже подписал документ.

– Штраус – психолог, а не терапевт, – ничего не выражавшим голосом произнес Москито. – Но он общался с миссис Гордон, он представляет НАСА и проект «Вместе в космосе», он знает, какой стресс испытала миссис Гордон, узнав о гибели мужа. К коллегам из «Спейс трек» Штраус претензий не имеет. Они вели себя с миссис Гордон профессионально. Такой вывод – это есть в дополнительном протоколе – Штраус сделал после разговора с профессором Селдоном.

Прокурор перелистал на экране страницы заключения, сохранил файл и поднял, наконец, взгляд на эксперта. «Постарел, – подумал Берн. – Выглядит уставшим. Вряд ли он был бы для Джаннет хорошим мужем…»

– Эта штука… – тихо произнес он. – Черная дыра. Я слышал, она как двигалась, так и движется. Проглотила корабль и… Это ведь очень маленькая черная дыра. Меньше миллиметра! Как же так…

Москито кивнул. В отличие от прокурора, в физике он разбирался неплохо. Диплом Йеля, как-никак.

– Слишком велика разница в массах, – скрывая раздражение, объяснил он. – Скорее всего, «Ника» разрушилась, когда столкнулась с эргосферой Энигмы. Точнее – когда Энигма вместе с эргосферой оказалась внутри «Ники», она ведь действительно очень маленькая, и корабль для такой черной дыры – как пустое место, Энигма пронизала «Нику» насквозь. Эргосфера, – начал объяснять Москито, со злорадством увидев на лице прокурора выражение непонимания, – это область, откуда невозможно выбраться. Гордон погиб мгновенно, а «Ника» разрушилась приливными силами и, наверно, обратилась в плазменный диск вокруг черной дыры. Слишком слабый, чтобы его можно было увидеть с Земли. С космических телескопов тоже.

– Страшная смерть, – пробормотал прокурор. – Бедная миссис Гордон. Представляю, как она…

Он пожалел, что позволил прорваться эмоциям, и не закончил фразу.

– Штраус диагностировал у миссис Гордон диссоциативное расстройство идентичности на фоне сильнейшего стресса и невротического состояния, – сухо произнес Москито.

– Из медицинского заключения следует, – резюмировал прокурор, – что в дополнительном полицейском расследовании нет необходимости.

– Никакой, – подтвердил эксперт.

– О'кей, – кивнул Берн. – Дело закрыто.

Москито встал и пошел из кабинета.

– Мог хотя бы попрощаться, – пробормотал Берн, когда за экспертом закрылась дверь.

В вечерних новостях по каналу NBC прокурор без особого интереса послушал выступление Мэтта Холдера, руководителя печально известной программы «Вместе в космосе», сообщившего, что слежение за черной мини-дырой Энигма прекращено, поскольку невозможно фиксировать ее влияние на орбиты внутренних планет. Предполагается, что, после прохождения перигелия, Энигма будет удаляться от Солнца и через несколько лет вернется в облако Оорта.

«Наверно, по-видимому, возможно… – подумал Берн. – Никогда они ничего не знают определенно. Зря их финансируют. Космос… бог мой, да кому он сдался…»

***

– Миссис Гордон сама приняла решение, – упрямо повторил Манкора. – Она сделала это даже раньше, чем поняла суть задачи. Инстинктивно. Иное решение для нее было попросту невозможно. Немыслимо.

– Любовь, – пробормотал Казеллато. – Теперь вы все валите на женские чувства.

– Я не…

– А на самом деле, – перебил Казеллато, – никому ничего не докажешь. Потому что ничего не произошло. Только одно: вдова Гордона умерла. Точка. Что еще изменилось в мире?

Разговор происходил в кафе «Наоми» в двух кварталах от Института перспективных исследований в Принстоне, куда физики приехали для участия в семинаре «Процессы квантовой релаксации при декогеренции сложных запутанных систем».

Эйлис похоронили в прошлую пятницу. Грустные были похороны. Отпевали в англиканской церкви на Флит-стрит в Пасадене просто потому, что Эйлис будто бы несколько раз бывала здесь и даже как-то поставила свечку. Пришли человек десять – видимо, подруги, знавшие Эйлис до ее брака с Гордоном. Нигде в прессе о смерти миссис Гордон не сообщалось – тем более, что в тот же день скончался Берт Симсон, известный актер, игравший в знаменитом сериале «Наспех повсюду».

Манкора обратил внимание: у входа в кафе остановилась инвалидная коляска, в которой сидел, сгорбившись, седой, но не старый мужчина. Панягин. Манкора прежде не видел русского физика, но кто еще мог это быть? Панягина сопровождала полная, не очень симпатичная женщина. Жена? Она стояла иозади коляски и была погружена в свои мысли.

Остальные трое не приехали. Манкора был уверен, что не появится и Панягин. Прошло всего четверо суток, как земной экипаж «Ники» неожиданно для врачей вышел из комы. Произошло это, когда сердце Эйлис перестало биться. Наверно, в то же мгновение, но никто не мог сказать точно, да никто и не сопоставил эти два события, кроме Манкоры и Казеллато. Да, и еще Штраус.

Сейчас Штраус сидел с ними за одним столиком и потягивал пиво. Молчал и, возможно, думал не о миссис Гордон, не о самом Гордоне и вообще не о трагическом полете «Ники». Свои проблемы есть у каждого, и далеко не всегда они связаны с обстоятельствами, о которых можно говорить вслух. Тем более людям, которых, вообще говоря, должен был считать личными врагами.

Да ладно… Какие враги? Сейчас – даже не конкуренты.

– Что изменилось в мире? – медленно повторил Штраус. – И это говорите вы, физик? Вы, который…

– Да, – раздраженно перебил Казеллато. – Я, который. Вы, психологи и психиатры, поло́жите физиков на обе лопатки. Разговоры с экипажем? Полно, это фантазии! У миссис Гордон расстройство идентичности. Стресс, общая предрасположенность к психическим расстройствам. Это из вашего эпикриза, Штраус?

Штраус допил пиво, аккуратно поставил кружку на стол и посмотрел физику в глаза.

– Да, – спокойно сказал он. – Я готов подтвердить диагноз перед любым консилиумом. Проблема в том, что никому это уже не интересно. Даже журналистам. О смерти Симсона говорят и пишут все и везде, это важный информационный повод. О трауре по поводу гибели «Ники» забыли, а ведь прошло немногим больше недели.

– Не уходите от разговора! – вскричал Казеллато, наклонившись к Штраусу через стол. – Вы, психологи и психиатры, способны заговорить кого угодно и доказать все, что вам кажется верным. Почему экипаж вышел из комы, когда умерла миссис Гордон?

– Совпадение, – буркнул Штраус.

– Почему Бусыгин, звонивший мне, умер тогда же?

– Это и вовсе неизвестно, – отрезал Штраус. – Он даже не успел вызвать «скорую», тело обнаружила его знакомая. Вы спрашиваете: что изменилось в мире? Ничего такого, что можно было бы объяснить только этой вашей декогеренцией. Признайте это! Признайте, ведь это правда. Доказательными считаются только такие эксперименты, которые невозможно интерпретировать более простыми гипотезами. Бритва Оккама, вы не согласны? «Ника» не возродилась, Гордон не воскрес, Энигма где-то там, за орбитой Венеры, пересекает Солнечную систему. Улетит, и все о ней забудут, да уже и забыли.

– Миссис Гордон… Эйлис… – подал голос Манкора, говорил он тихо, не глядя на собеседников. – Она ничего не понимала в квантовой физике, в динамике космических аппаратов, в двигателях. И в астрономии тоже. Обо всем этом она… то есть Гордон и Панягин… говорила уверенно, называла числа, писала правильные формулы. Эйлис говорила и писала, да. Ничего в этом не понимая?

– Дорогой доктор Манкора, – вздохнул Штраус. – Человеческое сознание – до сих пор закрытая книга. Человек приходит в себя после комы и начинает говорить на иностранном языке, которого знать не мог. Известны случаи, когда одна из субличностей у человека с диссоциативным расстройством идентификации… могу назвать фамилию: Балкер, он участвовал у нас в контрольных опытах в программе «Вместе в космосе»… Да, так он, повар по профессии, имел одну из субличностей, прекрасно разбиравшуюся в химии полимеров. Между тем, в школе по химии у него был самый низкий балл. Как это объяснить? Помилуйте, доктор Манкора, Гордона нет, он ничего не может ни подтвердить, ни опровергнуть, но Панягин жив и ничего не помнит. Ни-че-го! Был в коме, да. А ведь по словам того же Панягина… то есть миссис Гордон, они общались друг с другом – Панягин в голове у Гордона и Панягин, лежавший в коме. Скажите, это согласуется с разумом? Вот доктор Панягин – подойдите к нему, спросите – он не помнит ничего.

– В запутанных сложных квантовых системах… – начал Казеллато, но Штраус оборвал его взмахом руки, будто перерубил пополам фразу, отсек окончание и продолжил:

– Ах, оставьте! Эти ваши уравнения… эти ваши числа… Послушаю, что вам сегодня скажут коллеги. Я приехал не на ваш, как вы ожидаете, триумф, а – посмотреть, как вы станете выкручиваться. Одно дело, когда говорим мы с Селдоном, и совсем другое – физики, профессионально разбирающиеся в квантовой механике.

– «Мы с Селдоном», – хмыкнул Казеллато. – Не вы ли грозились упечь профессора за решетку?

– Кто старое помянет… – буркнул Штраус.

Помолчали. Штраус допил пиво, Казеллато – сок, Манкора – четвертую чашку кофе.

– Если бы к Энигме полетел наш астронавт… – сказал Манкора.

– Да куда «Спейс треку» против НАСА и стран кооперации! – воскликнул Штраус. – У «Спейс трека» проблемы с финансированием, «Антарес» взорвался на стартовом столе, полетное оборудование…

– Это не ко мне! – поднял руки Казеллато. – Я физик, а не инженер.

– Вот так вы все, – завершил дискуссию Штраус. – Как фиаско, так «я не…»

– Пойдем, – встал из-за столика Манкора. – Через полчаса начало.

– Я бы сказал: окончание, – поставил точку Штраус.

* * *

Летели почти точно на север. Что происходило снаружи, Гордон не видел, но наклонение орбиты восемьдесят три градуса, да еще в противоположном вращению планеты направлении в привычные представления о траекториях входа в атмосферу не укладывалось. Кабина казалась залита кровью – красное уже не мигало, растеклось по стенкам, пролилось под пальцы и на рукав. Трясло беспощадно. Гордон стиснул зубы, закрыл глаза, чтобы не видеть багровую пелену, но она осталась, только теперь это не были отблески сигналов, красное было в его сознании, красное с желтыми кругами, мельтешившими, будто множество солнечных дисков, заполнивших предзакатное небо. И тяжесть. Почему-то вспомнился читанный давным-давно роман... кого же... Астронавты на планете, где сила тяжести в восемьсот раз больше земной. Хорошо им. Сейчас, наверно, тысяча. Невозможно терпеть. Невозможно думать. Невозможно...

Жить.

Он хотел жить, но на него всей тяжестью навалилась смерть в черном плаще с кровавым подбоем и мяла, и тискала в объятьях, смерть хотела его, и Гордон уступил. Звук, который он услышал, был подобен ударам колокола на колокольне католической церкви, куда в детстве водила его мать, пытавшаяся учить сына библейским заповедям, которые он с удовольствием слушал, так же, как истории о монстрах, зомби и героических полицейских, спасавших хороших мальчишек от плохих парней в масках, похожих на рогатых динозавров. И еще был свист — все громче и пронзительней. Свист подавлял сознание, душу, в конце концов покинувшую тело, разорвавшую стягивавшие ремни, просочившуюся сквозь раскаленные стенки кабины спускаемого модуля и полетевшую рядом, указывая путь.

Душа летела вверх, к звездам, а модуль смертельно раненной «Ники» — к земле, к тверди, гибели и распаду. Но почему-то летели они вместе, и раскаленный воздух пел им песню из одной-единственной оглушающее-заунывной ноты.

Потом тяжесть исчезла, и душа вернулась. Сквозь стенки — в кабину, сквозь кожу — в тело. Что-то трещало, что-то бормотало, что-то плакало. И темнота. Крови на стенках больше не было. Красное погасло.

Гордон висел на ремнях лицом вниз, и лишь тогда, поняв, что модуль упал, приборы отключились, датчики сдохли, и ничего больше не будет, он позволил себе потерять сознание, успев подумать: «Только не в океан…»

***

– Марсичка! – воскликнул Влад. – Смотри! Звезда упала! Загадай желание, быстро!

– Ой, да какая это звезда? Метеор. Что сейчас? Лириды?

– Все-то ты знаешь, – обиделся Влад. – А может, это спутник сгорел?

– Может. Ты, главное, разговор не переводи. Когда к родителям знакомиться поведешь?

– А… – погрустнел Влад. – Ну, давай в пятницу…

***

Палату он узнал сразу, как только открыл глаза. Он здесь бывал. Не лежал, конечно. Почти ежедневно приходил на обследования – лаборатория располагалась на третьем этаже, а палаты для экстренных случаев – на втором. Несколько раз проходил по коридору, двери некоторых палат были распахнуты, и он видел кровати, больше похожие на легкие танки столетней давности, потолочные лампы, постеры с изображениями стартующих ракет – от первых «Джемини» до новых «Нептуна» и «Сагиттариуса».

Узнав, он успокоился. Значит, его не только нашли в прогоревшем модуле, но и доставили в лучший госпиталь НАСА, молодцы. Сколько времени он был без сознания? Неужели день или два? Неважно. Он здесь. Дома. Живой.

«Алекс, – позвал он. – Амартия. Джек. Луи…»

Молчание. Едва слышно звенело в ушах. Тоньше комариного писка.

«Их нет, – понял он. – Их просто нет больше. А я вернулся».

На стене перед ним висел телевизор. «Сейчас кто-нибудь придет, – подумал он, – и я попрошу включить».

Он попробовал приподняться, и где-то слева загудел сигнал. Левой рукой он пошевелить не мог, из локтя торчала игла, рядом с кроватью висела на треноге канюля с лекарством.

Он хотел нащупать под правой ладонью кнопку вызова (должна быть, он знал точно), но не нашел.

Телевизор неожиданно включился, и на экране (изображение оказалось трехмерным, что его удивило) появился мужчина: приятный толстячок в бледно-голубом халате и шапочке, лихо сидевшей на макушке.

– С прибытием! – воскликнул врач. – Рад, что вы проснулись. Скажу сразу, чтобы вы были спокойны: все показатели в норме, в медицинской коме вас продержали всего двое суток, чтобы организм оправился от тяжелой посадки. Насколько мы поняли, вас зовут Чарлз Гордон, верно? Это имя на вашем вшитом бейджике. И иринадлежность НАСА. Верно? Вы понимаете английский?

За спиной врача появились двое мужчин: один лет сорока, в черном пиджаке с нашивкой НАСА на левой стороне груди, второй – старик в темном свитере. А может, не старик – просто седой. Нет, все же старый: лицо в морщинах, будто печеное яблоко.

Странный врач. Странные вопросы.

– Конечно, я говорю по-английски, – медленно, чувствуя, как

слова с трудом становятся звуками, произнес он. — Если вы знаете мое имя, то…

Что «то», он сформулировать не смог и замолчал, выжидательно глядя на экран, будто это было окно в другую комнату.

Двое мужчин переглянулись, врач улыбнулся и кивнул.

— Мое имя Дженник Клавер, — произнес мужчина из НАСА. — Я директор Национального управления по аэронавтике и космическим исследованиям.

А Хедли? Его уволили? Наверно. После всего, что произошло с «Никой»… Он хотел спросить про Штрауса, но вступил старик — голос молодой, звонкий, будто принадлежавший другому человеку.

— На вашей капсуле, — сказал он, игнорируя знаки, которые подавал врач, — и на вашей одежде знаки НАСА. Ваш модуль называется «Ника». В компьютере, который, к счастью, уцелел при посадке, мы нашли информацию о вашем полете.

Хорошо. Замечательно, что информация сохранилась.

— Кто вы, Гордон?

— Вы торопитесь, Генри, — прошептал Клавер, но Гордон услышал. — Вы опять торопитесь.

— Я… — пробормотал Гордон, начиная понимать. Господи, только не это! Только не…

— В НАСА, — продолжал старик, — нет астронавта по имени Чарлз Гордон. НАСА не запускало космический аппарат под названием «Ника». Не существует международной программы «Вместе в космосе».

— Вы торопитесь, сэр, — сказал врач. — Этот человек только что…

— Он может ответить на очень простой вопрос? Остальное — потом.

— Мое имя Чарлз Гордон, — медленно, пропуская каждое слово

через фильтр сознания и логики, проговорил он. – Мой корабль называется «Ника». Я... мы... были... – Он нашел, наконец, верный, как ему сначала показалось, тон и продолжил:

– Программа «Вместе в космосе» существует, сэр. Только... Насколько я понимаю, эта программа, этот корабль, эта экспедиция. И я – Чарлз Гордон. Все это...

Он подумал, что они могут ничего не знать о квантовых запутанностях, о многомировой физике, о темном веществе.

И в этом мире может не быть Алекса, Джека, Луи, Амартии. Эйлис?

– Я устал... – пробормотал он. – Извините, я бы еще поспал.

Вечным сном, да.

Он опустился на подушку и закрыл глаза.

Тишина.

Я не хочу быть здесь, – подумал он. – Я лишний. Я никогда не узнаю, что с Эйлис. Она меня не послушалась. Поступила по-своему. Как всегда. Эйлис могла... И что, если она... Господи, теперь эта мысль всегда будет со мной.

Я чужой в этом мире. Настолько чужой, что меня держат в карантине и разговаривают по телевизору. Спать... Я хочу спать.

Он услышал, как тихо отворилась и закрылась дверь. Узнаваемый звук, характерный щелчок. Тихие, почти неслышные шаги. Кто-то подошел к кровати и остановился. Кому-то все же разрешают войти? Врач? Клавер? Старик, не назвавший себя?

– Чарли... – услышал он тихий шепот над ухом. – Господи, Чарли...

Он открыл глаза. Женщина, склонившаяся над ним, была в респираторе. Светло-голубой халат. Медсестра? Но голос... Светлая прядь волос, выбившаяся из-под голубой шапочки. И глаза. Он узнал бы ее глаза среди миллионов.

– Эйлис? – произнес он неуверенно.

Женщина подняла руку (боже, эти пальцы, он целовал их вечность назад…) и сняла маску.

– Чарли, – сказала она. – Я знала, что ты вернешься.

– Эйлис… – Он не знал других слов. Он все слова забыл. Кроме одного. – Эйлис…

– Чарли, – сказала она. – Где ты был так долго? Всю мою жизнь! Почему ты заставил меня так долго ждать?

– Эйлис… – повторил он и вспомнил еще три слова.

– Я люблю тебя.

Он почувствовал себя дома и уснул.

Сведения об авторе

Павел Амнуэль – астрофизик, писатель-фантаст, автор более тридцати книг научной фантастики, десяти научно-популярных книг, семидесяти работ по астрофизике. Лауреат литературных премий «Аэлита», «Бронзовый Икар», премий имени Александра Беляева (трижды), имени Ивана Ефремова и др.